LE VICOMTE DE BARJAC,

TOME SECOND.

LE VICOMTE DE BARJAC,

OU

MÉMOIRES

Pour ſervir à l'Hiſtoire de ce Sicle.

TOME SECOND.

A DUBLIN,

DE L'IMPRIMERIE DE WILSON;

Et ſe trouve à Paris, chez les Libraires qui vendent des Nouveautés.

M. DCC. LXXXIV.

LE VICOMTE DE BARJAC, OU MÉMOIRES,

Pour servir à l'Histoire de ce Siècle.

LA TERRE que j'habite est d'un assez grand rapport. Je ne sais en vérité que faire du produit de mes denrées. Je paie cependant la taille de tout mon village. Je fais élever les enfans de ceux qui ont ſervi mes aïeux, & nous ne connoiſſons de mendians que cette cohorte indeſtructible de vagabonds, qui réſiſtent également aux ſévérités & aux bienfaits des gouvernemens.

Long-tems j'ai calculé ſi une femme ou pluſieurs ajouteroient à ma félicité. Quant au mariage, j'en ſuis encore à ne le pas concevoir. Un petit ſerrail me paroîtroit plus dans la nature, mais trop difficile à concilier avec l'étude, le travail, les deux paſſions qui chez moi ont ſurvécu aux autres. C'eſt la ſeule raiſon pour laquelle je n'ai jamais offert d'aſyle à tant de filles délaiſſées que la néceſſité condamne au vil miniſtère des plaiſirs que la luxure paie à la misère.

Ici Socrate s'interrompit. Il n'étoit que onze heures. Le dîner étoit déjà servi : rien de chaud, point de pain ; des légumes de toute espèce ; des viandes glacées ou fumées, d'une extrême propreté, mais pas un os. Combien il avoit raison de ne pas souffrir sur sa table ces ostéologies si dégoûtantes, & ces débris de la mort & de la destructioin ! des fruits parfumés les remplaçoient ; les cocotiers de l'Inde, les ananas de la Chine, l'arbre d'O-Taïti, les melons d'Espagne, les figues de Provence, les pêches de Montmorency, venoient chez lui presque comme dans leur sol naturel. C'est un préjugé de croire qu'il y ait des climats affectés pour certains fruits. Le ſoleil & l'eau ſont par-tout. L'art nous apprend à graduer leur action.

Le Vicomte s'apperçut que le philoſophe mangeoit avec un extrême appétit, & qu'il buvoit mieux encore. Il lui ſembla même qu'il y avoit dans ſes vins trop de recherche, ou plutôt dans ſes boiſſons. Socrate le prévint. J'aime en effet, dit-il, non à troubler ma raiſon, mais à ſuſpendre ſon travail. Les liqueurs ſpiritueuſes ſont un des beaux préſens de la nature : je leur dois la gaîté, la franchiſe de l'ame, & le nerf de mes compoſitions. Que deviendroit-on, ſi on les oppoſoit avec ſuccès aux ſombres idées que laiſſent l'étude de l'homme ſi imparfait, le tableau de la ſociété ſi corrompue, l'inſuffiſance de la philosophie si nulle, contre les vrais chagrins ?

Après ce repas, ils parcoururent les Jardins. Dans une grotte, non pas ornée de ces tristes coquillages employés dans l'enfance de l'art, mais tapissée de mousse, ils trouvèrent du café. Une jeune fille mise avec une élégante simplicité l'avoit préparé. En attendant son maître, elle s'étoit couchée sur le banc de mousse qui s'étendoit dans l'enfoncement ; le sommeil y avoit surpris ses sens. Ses jupons cours laissoient voir une jambe non frêle comme chez nos peintres modernes, mais modelée d'après ces belles statues grecques. Ils s'amusèrent à respecter son repos ; & après avoir pris cette liqueur dont nous nous sommes fait un besoin, ils continuèrent leur promenade encore quelques inſtans. Alors Socrate prit congé du Vicomte juſqu'à ſept heures du ſoir, en lui diſant : Permettez-moi de vous quitter ; je n'eus jamais la faculté de cauſer ſept à huit heures de ſuite. Les hommes ne ſont organiſés pour fournir à de ſi longs entretiens. La honte de paroître ſtériles leur fait faire à tout moment des excurſions ſur les défauts d'autrui, ou ramener de faſtidieuſes répétitions. Je vais vous donner meilleure compagnie. Il le conduiſit dans ſa bibliothèque.

Celui-ci de ſon côté aſpiroit au moment d'être ſeul pour ſe rendre compte de tout ce qu'il avoit vu depuis quelques heures. Plus d'un rapport entre ſa ſituation & celle de Socrate l'invitoit à l'imiter ; il aimoit sur-tout les vertus indulgentes qu'il s'étoit appropriées ; & il ambitionna ces ressources de l'ame que donne l'étude, & que la retraite conserve.

Après avoir médité sur cette douce manière, d'exister il parcourut la bibliothèque, dans laquelle il eût desiré un peu plus de choix. Toutes les œuvres de Marmontel s'y trouvoient, par exemple ; les tragédies de M. Gœthe, l'histoire de Smollit, les neuf volumes de Frugoni, certain éloge de Colbert écrit par une plume financière, les loisirs du Chevalier d'Eon, les mémoires sur la Bastille, le cours d'éducation. Il est vrai que ces ouvrages étoient surchargés de notes qui réparoient un peu cette exceſſive indulgence. Mais, malgré cela, un homme délicat n'affiche pas certaines liaiſons. Reſpectons le vieux bon-ſens des proverbes : *DIS-MOI QUI TU FRÉQUENTES, JE TE DIRAI QUI TU ES*. Si l'on voit ſouvent un lecteur avec l'Hiſtoire philoſophique, on ſuſpectera ſon reſpect pour le vrai. On ne confieroit pas une adminiſtration à celui qui puiſeroit ſes principes économiques dans LA LÉGISLATION & le COMMERCE DES BLEDS ; & l'homme aſſis ſur les aîles des vents, voyageant dans les airs avec M. Thomas, ne ſera jamais l'ami de la raiſon & de la nature.

Socrate le ſurprit à ſept heures dans ces réflexions ; & il les lui confia. Loin de défendre avec opiniâtreté les compagnons de sa solitude, il avoua ses torts ; mais il ajouta cependant cette réflexion : Tous les auteurs qui, comme Marmontel, Frugoni, la Harpe, Dorat, &c, &c, &c, n'ont écrit que pour plaire & pour être loués, n'obtiendront de leurs travaux que cette fragile récompense. Je donne des soins à mes champs qui me nourrissent ; à mon potager, & à mes vergers ; de tems en tems je vais aussi avec plaisir dans mon parterre, & quelquefois même je fais placer dans mes appartemens un rosier, des œillets, & une riche hyancinthe.

On servit le souper. Dans le cours de la conversation, le Vicomte satisfit non aux questions, Socrate en faisoit peu ; mais à l'obligeante curiosité qu'il laissoit percer. Il lui raconta les raisons qui l'avoient fixé dans ses terres ; le génie d'étude qui l'y occupoit ; l'état des sciences en France, & de la littérature à Paris (car il n'y a guère que cela) ; la situation actuelle des affaires politiques ; les suites indécises de la paix ; les querelles entre la Russie ambitieuse & la Porte craintive ; l'œil de l'Europe ouvert sur la part que l'Empereur y prendra ; la brillante administration de ce Monarque, jusqu'ici le moins loué, & le plus estimé des Rois ses contemporains ; la glorieuse vieillesse, mais la vieillesse de Frédéric ; les économies outrées du Danemarck ; la sagesse philosophique des Etats-Unis ; les troubles lents mais dangereux de la Hollande ; l'anéantiſſement projeté de la Pologne ; les demi-volontés de l'Eſpagne, & la fortune veillant ſans ceſſe à la proſpérité, à la gloire & la gaîté des françois. Quant aux perſonnages que vous avez connus autrefois, ajouta-t-il, ſi vous me les nommez, je vous apprendrai leur ſort. — Que fait le vieux d'Alembert ? — Il raconte. — Le vieux Francklin ? — Il radote. — L'enthouſiaſte Diderot ? — Il rumine. — S. Lambert ? — Des vers à la décrépite Doris. — Le réformateur Necker ? — Des plans d'adminiſtration pour l'Europe. — L'Abbé Raynal ? — A Neuchâtel les contes qu'il a faits à Berlin. — Le Lord Norht ? — De beaux diſcours.

— William Pitt ? — La gloire de ſon pays. — Le Prince Potemkin ? — Le déſeſpoir de ſes rivaux. — Le Baron de Guelberg ? — Du bien & des envieux. — Le Chevalier Acton ? — Tout pour ſon Roi, tout pour la marine, aſſez pour les arts, rien pour lui. — Les quatre bourgeois d'Amſterdam ? — D'inutiles efforts pour rendre leurs compatriotes heureux. — Le Sh... ? — Pitié. — Le Duc ? — Horreur. — Le Comte de *** ? — Rire.

Quoique le Vicomte fît oublier à Socrate l'heure de ſon ſommeil, il fallut cependant ſe ſéparer. Cet hôte aimable, en le reconduiſant à ſon appartement, lui dit : j'ignore vos uſages ; voici la clé d'une chambre voisine, où vous trouverez si cela peut vous plaire, une jeune personne assez complaisante pour m'aider à faire les honneurs de chez moi.

Le Vicomte, plus surpris de ce dernier trait que de tous les autres, le remercioit d'une attention si peu commune; mais il avoit déjà disparu. C'étoit outrer peut-être les devoirs de l'hospitalité. Observons cependant que Socrate avoit beaucoup lu, beaucoup voyagé; pris des divers pays les usages les plus commodes: or, il est sûr que des nations policées lui fournissoient de quoi justifier cette politesse asiatique.

M. de Barjac, bien résolu de ne faire aucun usage de la clé, se couche, & lisoit les Incas pour hâter le sommeil tardif. Ses yeux furent fatigués avant qu'il eût envie de les fermer. Ne pouvant s'endormir, & ne voyant pas pourquoi il résistoit à la curiosité d'entrer dans cette chambre, il se lève, & y pénètre sur la pointe du pied. Sur un lit, dont les rideaux étoient de gaze, reposoit une jeune fille plongée dans le sommeil. De longues paupières noires trahissoient la couleur & la beauté de ses yeux. Son sein, à moitié découvert, obéissoit à une respiration un peu agitée. Un de ses bras étoit passé au-dessus de sa tête, & l'autre, étendu à côté d'elle, tenoit un mouchoir d'une blancheur éclatante. Il n'y avoit sur sa toilette ni rouge, ni poudre colorée, ni parfums, ni toutes ces inventions réparatrices d'une beauté qui a beſoin des ſecours de l'art. Des corbeilles de fleurs embaumoient l'air de la chambre, ou peut-être étoit-ce l'haleine de cette charmante inconnue.

Le Vicomte poſe la lumière ſur la table, & la contemploit avec la ſatisfaction qui naît de l'accord parfait des belles proportions, & non avec la flamme du deſir. Mais ſans doute l'éclat de la lumière importuna ſes yeux délicats; car elle ne tarda pas à les entre-ouvrir. Dès qu'elle apperçut un homme, elle ſe couvrit le viſage, & ſe déroba toute entière à ſes yeux.

Il entre-ouvre ſon rideau, & croit devoir rendre le calme à ſa pudeur allarmée. Elle lui tend la main, mais n'oſe répondre, ni ſoutenir ſes regards. Un ſimple taffetas les ſéparoit. Dans un inſtant il eſt à ſes côtés; elle lui fait ſigne de la délivrer du jour. Il obéit, & revenant, elle le reçoit dans ſes bras.

Le plus vif de ſes deſirs n'étoit peut-être pas, dans ce moment, celui de la connoître, mais au moins ce fut celui qu'il ſe preſſa de montrer. Alors elle lui apprit qu'elle étoit circaſſienne; que Socrate dans ſes voyages, l'avoit achetée à Smyrne, avec deux autres; que jamais liberté ne valut leur eſclavage; qu'il n'exigeoit pour lui-même aucune complaiſance; mais que lorſque des étrangers, d'une certaine façon, le venoient voir, il étoit flatté quand elles vouloient le recevoir dans leur lit; qu'il avoit toujours la délicate attention de leur faire voir auparavant ses hôtes. S'ils leur répugnoient, il ne donnoit pas de clé. Je vous avoue, ajouta-t-elle, que je vous ai vu dans le jardin, après dîné, & sans peine, je l'ai laissé maître de mon appartement.

Le Vicomte, qui ne s'attendoit pas à cette déclaration, y répondit par le baiser le plus tendre; & comme il étoit difficile de ne pas aller plus loin : vous comprenez, dit-elle, à quel point vous êtes maître de mes foibles charmes; mais ne trouvez-vous pas que cette manière européenne est un peu triviale? je crois que sur ce point vous pouvez prendre des leçons de l'Asie. Il se laisse instruire. Depuis, il a souvent raconté qu'il n'avoit joui que de ce moment. Il n'y a point de langues dans lesquelles ne perdent ces sortes de détails. Chaque lecteur sensible & exercé doit venir au secours de l'écrivain. Heureux ceux qui le surpassent !

Trois heures s'écoulèrent dans ces douces épreuves, après lesquelles il passe dans son appartement, où le sommeil l'attendoit.

Les rayons du soleil étoient déjà assez brûlans lorsqu'il descendit chez Socrate, livré depuis long-tems aux charmes de l'étude. Vous avez, lui dit-il, une manière de recevoir les gens qui embarrasse un peu leur reconnoissance. ——Je vous entends ; on invite à un concert, à une fête ; vous n'aimez peut-être ni la musique, ni la danse. Les Législateurs ont revêtu de l'apparence du crime l'acte le plus saint aux yeux de la nature, le plus innocent à ceux de la loi, le plus utile à la société. Il ne m'a jamais offert qu'un bienfait de la Providence, qui avoit manifesté ses vues conservatrices dans notre riche organisation. Au reste, je n'aspire pas à changer les idées générales; je me contente de me soustraire à la tyrannie du préjugé. Mais j'ai à vous entretenir d'un sujet plus important. C'est d'un projet qui intéresse la félicité générale, l'ouvrage de dix années de combinaisons. Par quelle voie peut-on aujourd'hui parvenir aux Puissances de la terre? —— Je ne vous répéterai pas les lieux-communs exagérés sur le prétendu pouvoir des femmes. L'Europe a dans ce moment de grands Rois, & ſur-tout de grands miniſtres, fort à l'abri de cette foibleſſe. L'obſtacle à ſurmonter vient de ce que les agens de la choſe publique ne peuvent guère ſuſpendre le cours journalier de leurs travaux miniſtériels, pour détourner leur attention ſur des objets étrangers. Je vous conſeillerois de vous adreſſer à l'Empereur, non que les dépoſitaires de ſa confiance ſoient ſupérieurs à ceux des autres cours; mais il n'admet pas les formes lentes, ſi propres à favoriſer la pareſſe ou la médiocrité, à laſſer le zèle ou le génie. Le Roi de Pruſſe accueille volontiers les projets en faveur du peuple; mais il décide militairement, & la raison, qui veut au moins développer ses vues ne s'accommode pas de la jurisprudence expéditive des camps. La France n'a jamais un moment pour ces sortes d'examens : les fêtes, les emprunts, les traités & les chansons, les modes & la guerre l'occupent trop essentiellement. — Voilà bien des difficultés ; mais point encore assez pour décourager un patriote. Fixez les yeux sur ce portrait : c'est celui du Comte Panin. Que n'a-t-il pas eu à combattre ! Son active patience a triomphé. Lui conseilloit-on un séjour dans ses terres ? il cherchoit, pendant cet exil poli, de nouveaux remèdes aux besoins de l'état. On le rappelloit ? loin de ſonger à la vengeance, la paſſion des ames vulgaires, de nouveaux ſuccès déſeſpéroient ſes ennemis. Cette autre portrait repréſente M. de Malesherbe. On a loué ſa retraite courageuſe, quand il a vu les entraves qu'on s'empreſſoit de mettre à ſon amour pour l'humanité. Je reſpecte, avec la France, les qualités de ce Miniſtre philoſophe; mais j'en excepte une démiſſion précipitée. N'étoit-il pas plus héroïque d'accoutumer peu-à-peu l'oreille des Rois à la vérité, que de ce mettre hors d'état de la leur faire entendre? Je n'imiterai pas ces hommes célèbres, & je laſſerois l'indifférence des cours & la pareſſe des Rois, ſi je n'avois oublié leur langage. Avec quelle efficacité vous me remplaceriez ! — Il m'en coûte de vous refuſer ; mais j'ai juré à la raiſon de ne jamais donner une heure à la moindre affaire. Les Souverains ſont ingrats ; les miniſtres raſſaſiés de projets d'améliorations ; les hommes incorrigibles. J'ignore ſur quoi portent vos idées ; mais, croyez, ô le meilleur des hommes ! que la ſociété réſiſtera toujours à l'harmonie qu'on voudra lui rendre. L'eſpèce humaine n'eſt pas faite pour être bien. Il lui faut des Denis, des tremblemens de terre ; des Maupeou, des peſtes ; des Cromwel, des guerres ; des Terray, des impôts. Voyez l'Angleterre, au faîte de la proſpérité, raſſaſiée d'opulence & d'orgueil ;

elle a amené sa décadence par toutes sortes de moyens. Il est douteux que la vie soit un bien ; mais, à coup sûr, ce bien n'est rien, si on le consacre à autre chose qu'au plaisir. L'ambition est une absurdité, la gloire un accès de folie, le zèle patriotique une espèce de délire, la sagesse un hasard heureux, la vertu un défaut d'occasion.

Socrate, plus ému de compassion que révolté de cet amas indécent de fausses idées, les reprit avec douceur, les combattit avec avantage, & démontra au Vicomte que le plaisir étoit la récompense du bien, & non un bien lui-même.

Cet entretien les conduisit jusqu'au

moment du départ du Vicomte, pénétré du respect pour la haute sagesse de Socrate, & de confiance dans son indulgente bonté. Il emporta le projet, & promit de revenir lui en rendre compte, quand il l'auroit médité.

Coraly, qui lui avoit demandé l'heure de son retour, se trouva sur le chemin. Les petits soins soulageoient son impatience : c'est un plaisir très-vif de raconter celui qu'on a eu. M. de Barjac eut cependant l'attention d'oublier l'anecdote de la circassienne. Coraly l'écouta avec une attention qu'elle ne donnoit pas ordinairement à ces sortes de détails, & montra un desir moins ordinaire encore de connoître un sage. Elle remit au Vicomte une lettre de Madame de *** qui le prévenoit de sa visite pour le lendemain. En effet, elle arrive, accompagnée du Baron de W.

Ils trouvèrent la maison très-commode. Quatre appartemens complets donnoient dans un vaste sallon à l'italienne. Chaque appartement avoit un bain, une petite bibliothèque, un jardin, & une porte sur la campagne. On ne dînoit jamais ensemble; mais on y soupoit toujours. Des veillées délicieuses, prolongées bien avant dans la nuit, suivoient le souper: on retrouve ici la distribution des momens, comme chez Madame de Lanove. Ce fut dans une de ces veillées que Madame de *** acquitta son engagement avec le Vicomte, de lui raconter les évènemens qui avoient amené sa retraite. Elle eu la délicatesse de choisir un soir où Coraly, incommodée d'un gros rhume, avoit été forcée de se coucher de bonne heure, & commença en ces mots.

« Mon père avoit mangé au » service un patrimoine assez mé- » diocre. L'éducation d'une nom- » breuse famille est un lourd far- » deau. Il l'allégea en me mettant » avec un frère chez une grand'- » mère pleine d'humeur & de bonté. » J'avois onze ans, & mon frère » treize. Nous ne connoissons d'au- » tre plaisir que de lire. Le hasard » nous découvrit, dans le garde- » meuble, un vieux coffre plein de

» livres, parmi lesquels il s'en trouva
» qui nous apprirent ce que nous
» ne devions pas savoir ; un en-
» tr'autres alluma ma curiosité, au
» point que je perdis ma vertu,
» & le préjugé seul me conserva
» l'innocence. Il ne faut pas con-
» fondre ces deux choses. Nous
» eussions même été plus loin ; mais
» la nature tardive dans mon frère,
» suppléa pour ce moment à la
» sagesse que nous n'avions ni l'un
» ni l'autre ».

« On nous menoit passer quel-
» ques mois à la campagne : j'y
» connus M. de Chalmazel. De la
» fortune point de conduite ; de
» l'esprit, peu de bon-sens ; de la
» gaîté, pas de ressources. Ma
» figure lui plaît. Il s'avise de me

» demander en mariage ; on se dé» fait de moi bien vîte ; je suis pro» mise, à condition cependant qu'il » me mettra au couvent pendant » deux années ».

« Quelques jours avant la cé» lébration, il me demande si la » retraite ne m'ennuyoit pas d'a» vance. Je crus pouvoir le lui » avouer. --- Il y auroit un moyen » de l'éviter ; mais peut-être vous » y refuserez-vous ? --- Cela dé» pend ; quel est-il ? --- Lorsqu'on » se marie, il faut que la nature » soit d'accord avec la loi ; c'est ce » qu'on appelle être nubile. Si j'é» tois sûr que vous le fussiez, vous » échapperiez aux langueurs de cette » solitude. --- Mais comment savoir » cela ? ---- En me traitant aue

» jourd'hui comme votre époux » --- j'ignore en vérité ce que c'eſt ; » mais ſi cela doit nous rendre plus » heureux, pourquoi m'y oppoſe» rois-je » ?

« Comme en effet je ne m'op» poſai à rien, il ſut tout, & » m'aſſura que je pouvois très» bien me diſpenſer du couvent. » Je m'en étois déjà doutée. A » cette nouvelle, ne me ſentant » pas de joie, je courus, dans mon » tranſport, faire part à ma mère » & à mes ſœurs de cette pré» cieuſe découverte. Ebahies, con» confondues de ma naïveté, elles » me demandent ce que je voulois » dire. Alors je racontai tout. » Mes ſœurs, plus âgées que moi, » rougiſſoient ; ma mère affligée

» va consulter son mari. Je laissois mes sœurs gronder, lorsque M. de Chalmazel entra. Mon extrême gaîté s'accordoit mal avec les projets qu'il rouloit dans sa tête. Il passe dans le cabinet de mon père, & lui fait une double proposition. La première étoit de convertir mon douaire dans une pension ; l'autre, de reprendre sa parole. Ma mère, furieuse, l'accable de reproches mérités, non pour ce qu'il offroit, mais pour avoir abusé d'une enfant & prévenu la nature, la loi & l'église. Il voulut nier ; mais quand il sut que mon étourderie avoit tout divulgué, il avoua que l'incroyable facilité qu'il avoit trouvée

» ne le laissoit pas maître de ses
» craintes pour l'avenir, & de ses
» inquiétudes sur le passé. La pen-
» sion tentoit mes parens : après
» quelques calculs plus indécens
» que ce que j'avois fait, des ar-
» rangemens assez mal assurés, on
» rendit la parole à Chalmazel. Je
» partis pour un couvent, accom-
» pagnée des vœux les plus sincè-
» res pour qu'une bonne ou mau-
» vaise vocation terminât le cours
» de mes imprudences, & enseve-
» lît ce qu'on appelloit ma honte,
» & ce qu'intérieurement j'appel-
» lois mon triomphe. Peut-être
» imaginez-vous que c'étoit indis-
» crétion, folie de ma part. Non;
» tout étoit prévu & réfléchi. M.
» de Chalmazel m'avoit inspiré une

» averſion ſubite, en me faiſant » connoître l'amour : je m'aviſai » de ce bizarre expédient pour » échapper au joug que je devois » porter avec lui. On a ſi ſouvent » conſacré cette fleur au plaiſir ! » étoit-ce donc ſi mal de s'en » ſervir une fois pour éviter l'eſ- » clavage » ?

« Après quelques mois paſſés & » perdus dans le cloître, je m'oc- » cupai ſérieuſement des moyens » d'en ſortir. J'y avois une amie, » encore plus preſſée que moi, » & enchantée de rencontrer » une compagne d'aventure. Elle » avoit ſur moi un grand avan- » tage ; c'étoit un amant qui » l'idolâtroit. Ce n'étoit ni ſa faute, » ni la mienne, ſi mon cœur

» étoit oisif. L'amour vint à notre secours, & me présenta lui-même un jeune homme qui sembloit fait pour plaire. C'étoit le neveu de la supérieure du couvent avec qui j'étois, lorsqu'on l'amena à son parloir. Je dis que l'amour me le présenta lui-même, car à la première vue mon cœur s'émeut. Je crois cependant que c'étoit plutôt besoin de position qu'un vrai sentiment. Je m'empresse de mettre mon amie dans cette confidence. Elle y admet son amant. Déjà les messagers de l'amour trompent la sévérité des grilles. Je vous fais grace de la correspondance de toute cette belle intrigue, ou plutôt

» de cet enfantillage amoureux. » Tranſportez - vous tout d'un » coup dans une chaiſe de poſte, » d'où nos aimables raviſſeurs nous » déposèrent ſur la route d'Al- » lemagne. Notre premier ſéjour » fut dans une ville étrangere. » Je n'avois pas entrevu mon » amant, depuis la viſite à ſa » tante : il me parut gauche, em- » barraſſé, & perdoit tout, à côté » de celui de Julie. C'eſt le nom » de mon aimable & prudente im- » compagne ».

« Tout - à - coup au milieu du » ſouper, il ſe met à pleurer, & » reproche à ſon camarade de lui » avoir conſeillé une pareille ſot- » tiſe. Je vous l'avouerai ; quand » je vis les grimaces & les larmes

» de ce grand dadais, il me prit
» un ſourire dont je ne fus pas
» maîtreſſe. Nous l'envoyâmes cou-
» cher, & tînmes conſeil. Le plus
» ſage étoit de lui laiſſer ignorer
» notre deſtinée. Pendant qu'il
» dormoit ou ſe déſeſpéroit, (c'eſt-
» à-peu-près égal aux ſots)
» nous partîmes, & lui laiſsâmes
» une lettre, dans laquelle nous
» l'exhortions à prendre le coche,
» & à aller expier ſa faute dans
» une maiſon de Capucins, digne
» retraite des hommes de ſon cou-
» rage ».

» Cependant le remords & la
» réflexion, qui ne tardent pas à
» ſe réunir dans un cœur cou-
» pable, m'éclairèrent ſur l'hor-
» reur de mon ſort. Il ne nous

» restoit que la ressource ordinaire aux personnes dans notre situation, la comédie. Nous nous informons des cours d'Allemagne où il y avoit encore un spectacle françois. La cour de Hesse étoit la seule. Nous nous rendons à Cassel, ville charmante, où l'on jouit de la liberté dont on parle ailleurs. Nous prenons langue. Un bavard officieux, l'ami né de tous les inconnus, nous dit qu'il faut intéresser en notre faveur le directeur des spectacles, homme d'esprit, mais sec, froid, un peu haut. On ajouta à ce portrait quelques défauts propres à nous consoler si nous ne réussissons pas. Mais on nous apprit aussi

» qu'il aimoit les femmes, & que, » s'il avoit quelquefois tort avec » elles, elles avoient toujours rai- » ſon avec lui ».

« Nous allons le voir. Il nous » reçoit avec des égards, écoute » avec attention, & nous parle » avec un grand ſens. Il nous mit » ſous les yeux le tableau le plus » effrayant, mais le plus vrai de » la périlleuſe carrière où la né- » ceſſité alloit nous jeter; de la » jalouſie que réveillent les ſuccès, « & de la honte qui ſuit la nullité » de talens; de la difficulté de » vivre dans une ſociété où il y » a ordinairement plus de gaîté » que de délicateſſe. Il termina » ſon diſcours par cette phraſe » que je n'ai jamais oubliée: Mon

» devoir eſt de vous éclairer, puiſ-
» que vous êtes ſans expérience;
» & de vous aider, puiſque vous
» êtes dans le malheur. Nous le
» remerciâmes, après lui avoir
» obſervé que les poſitions nous
» commandoient ſouvent, & qu'un
» repentir ſtérile ne remédioit pas
» à la néceſſité. Lorſqu'il nous vit
» abſolument décidées, il nous
» conſola par le portrait du nou-
» veau Souverain ſous lequel nous
» allions vivre; après le plus
» bel éloge, il ajouta: ce n'eſt
» pas le plus aiſé à contenter; mais
» c'eſt le meilleur des maîtres à
» ſervir ».

« Nous voilà donc admiſes dans
» cette troupe, le meilleur en-
» ſemble qui jamais ait été en

» Allemagne. Sans posséder de » grandes connoissances de détail, » le public a un tact d'instinct qui » le trompe rarement. L'usage de » ne jamais applaudir, sauve à la » médiocrité des instans bien dé- » sagréables. Si ce silence affoiblit » les talens formés, les huées ne » découragent pas aussi les talens » novices ».

« Alors se trouvoit dans cette » ville, par une suite d'aventures » étrangères à notre sujet, une » actrice françoise, célèbre dès son » aurore, & dont Melpomène avoit » avoué les premières essais. Elle » avoit reçu de la nature une pé- » nétration vive, de l'énergie dans » l'expression, de la dignité dans « le maintien. A son début, sa

» sa vertu fit autant d'éclat que son » talent. L'un & l'autre s'affoi» blirent. La première dégénéra mê» me tout-à-fait, par un goût » que l'on n'explique pas. Cette » trop fameuse Sophie, je ne dirai » pas s'attacha, mais s'acharna à » moi. C'étoient les soins les plus » empressés, les attentions les plus » délicates, l'art de prévenir les » moindres desirs. Vous le dirai-je ? » elle me séduisit. Son esprit me fit » illusion, & j'en demande par» don à la nature, mais il n'est pas » possible de la tromper avec plus » d'adresse ».

» Ce genre de distractions me » sauva de la perfidie des hom» mes, ou de leur tyrannique em» pire. Les querelles de la comé-

» die françoiſe ayant rappellé à Paris
» mon amante, je l'y accompagnai.
» Julie paſſa dans le Nord, où d'il-
» luſtres folies l'ont conduite à une
» haute fortune. Elle gouverne main-
» tenant la cour & les petits états
» d'un Souverain ».

« Arrivée à Paris, ſous un nom
» ſuppoſé, le beſoin m'inſtruiſit à
» la prudence. Je me mis ſous les
» conſeils d'un vieux abbé qui me
» donna des avis, & d'un arche-
» vêque jeune, aimable, généreux,
» plein d'uſage. Je remerciai la Pro-
» vidence de l'avoir choiſi pour l'inſ-
» trument de ma fortune. Il s'ap-
» perçut que j'enveloppois mon deſir
» de lui plaire de tous les ménage-
» mens dus à ſon état. J'étois com-
» blé de ſes bienfaits. Il m'accor-

» doit tous les momens que la cour
» & l'église ne lui prenoient pas.
» Une seule chose m'inquiétoit. Malgré son amour & ma docile reconnoissance, je ne lui appartenois point encore. Sans être pressée, il y a cependant une réflexion humiliante pour l'amour-propre dans les lenteurs d'un homme qui manifeste d'ailleurs ses projets d'une façon si marquée. J'examinois si c'étoit une timidité ecclésiastique qu'il fallût aider, & il me sembla plutôt entrevoir un embarras qu'il falloit excuser. Dans le doute, je laissai faire au tems. Il m'apprit ce qu'assurément j'étois loin de soupçonner dans un homme de son état. Mon joli prélat, plein de graces, de belles qualités, d'es-

» prit même, étoit nul. Un moment » de vanité me fit croire qu'il étoit » peut-être trop modeste ; l'expé- » rience d'une longue & triste nuit » me prouva que je ne l'étois pas » assez. Je pris mon parti sur cette » espèce de platonisme. Ma destinée » de ce côté étoit vraiment singu- » lière. Si vous voulez vous reppor- » ter à l'âge de onze ans, & me » suivre dans mes différentes aven- » tures, vous avouerez que plus » d'une fois j'ai joué de malheur. » J'en excepte cependant..... Une » fortune assez considérable com- » posa amplement cette imperfection » physique. J'en connus le prix avec » mon Abaillard, parce que j'appris » dans ses conversations à jetter les » yeux sur l'avenir ».

« Cette liaison dura trois ans. Une » dignité éminente l'enleva à mon » boudoir. Je jurai une fidélité éter» nelle à son ombre, & lui ai long» tems tenu parole ».

« En revenant sur le passé, je » vis la nécessité de la faire ou» blier. La dévotion étoit un moyen » trop triste & trop bannal ; un » bureau d'esprit, trop ridicule » & trop borné ; le jeu, trop » vil & trop pénible ; la chymie, » trop incertaine & trop cou» teuse. La manie des esprits me » parut plus moderne, plus piquante, » concentrée dans un monde plus » choisi. J'augurai bien du succès » de cette secte, parce qu'elle étoit » déposée dans des livres inintelli» gibles, & sur-tout prêchée par

» des apôtres ſemblables aux douze
» fameux. Alors j'appris un caté-
» chiſme inintelligible, & dès-lors
» excellent. Je m'étudiai à parler
» ſans rien dire, à raiſonner ſans
» conclure, à définir ſans clarté ;
» c'eſt la clé de cette ſcience myſ-
» térieuſe. Mes progrès furent ra-
» pides. Durant les premières an-
» nées, je me bornois ſcrupuleu-
» ſement aux eſprits ; depuis, j'y ai
» mêlé de la teinture d'or hermeti-
» que, des élixirs d'immortalité ; des
» promeſſes de guériſon, du thé
» laxatif, des ſemi-prophéties, de
» petits prodiges. Tout cela prend.
» Il manquoit à ma méthode un cer-
» tain degré d'utilité. J'y ſuis par-
» venue. C'eſt un ſecret réſervé
» pour un bien petit nombre d'hom-

» mes. J'en ai fait l'expérience, il » y a quelque jours, avec succès. En » disant ces derniers mots, elle laisse » tomber sur le Vicomte ses regards, » & termina ainsi le récit abrégé de » ses aventures ».

Cette confidence de ma vie entière, dit-elle encore au Vicomte, me vaudra-t-elle de votre part une complaisance? Je meurs d'envie de voir votre maîtresse de quinze ans. Il lui promit de la lui présenter le lendemain au déjeûné.

Coraly en effet y parut. Ses cheveux du plus beau cendré & sans poudre étoient noués sur sa tête avec un ruban lilas; une lévite marquoit sa taille svelte & élancée, qu'une ceinture de la même couleur coupoit avec grace; une double gaze couvroit, mais ne cachoit point, un sein que son corset emprisonne sans le soutenir. Son regard étoit doux, modeste, & non embarrassé. Elle prend son ouvrage, répond avec justesse, écoute avec intérêt, & sourit quand elle l'ose. M. de Barjac, qui vouloit la laisser seule avec Madame de ***, prétexte le besoin de causer avec le Baron de W...... ils sortirent. Alors Madame de *** demanda à Coraly si la retraite qu'elle a choisie doit être bientôt embellie par son hymen avec le Vicomte. —— Il n'y pense pas, Madame; & s'il y pensoit, je saurois l'en distraire. Une fille comme moi ne peut rien gagner à un semblable parti, & lui peut tout y perdre. Si j'étois sa femme, il seroit honteux de me produire; étant sa maîtresse, il en sera flatté. — Ce titre, que l'amour excuse, trouve difficilement grace aux yeux de nos préjugés. — Ah, Madame, comme je ne veux exister que pour lui peu m'importe à quel titre! J'ai besoin de son cœur, & non du suffrage d'un univers qui ne m'est rien. Il est libre; je le suis aussi; la nature nous absout; le reste disparoît à mes yeux. — On vous a donc accoutumée à des lectures bien philosophiques? — Je n'ai presque jamais lu. Je soupçonne quelquefois que c'est la raison pour laquelle je pense ainsi. — Puisque vous êtes si franche, dites-moi si d'autres liens équivalent à celui que vous rejetez? — J'ignore, Madame, quel intérêt vous avez à me faire une question qu'on ne fait guère; je vous y répondrai cependant. Non, Madame, nous n'en sommes pas à ce degré de liaison ; mais j'y viendrois sans peine, si je croyois ajouter un degré à ma félicité. Mon ami est si digne de toute espèce de sacrifices, que je n'en rougirois ni devant le ciel, ni devant les hommes. —— Quelle sont vos occupations, ma belle Coraly? —— Nulle, Madame, que d'étudier ses goûts & la façon de lui plaire. De quoi vous entretenez-vous ensemble ? —— Du bonheur d'y être ; des douceurs de la vertu, des ressources de l'amitié, & tant que je le peux, de ma vive reconnoissance. —— Se repose-t-il sur vous du soin de sa maison ? —— Si je l'en croyois, j'y commanderois en souveraine. —— Pourquoi ne pas monter au rang où il veut vous placer? — Parce que je suis une fille simple, chez qui l'on excuse, & que je deviendrois une demoiselle ridicule, à qui l'on ne pardonneroit rien. — Vous êtes aussi trop modeste. — Dans ma position, Madame, il faut l'être trop, pour l'être assez. Ce n'est peut-être qu'à cela que je dois l'honneur que vous me faites aujourd'hui. — Vos principes m'enchantent, il ne tiendra qu'à vous qu'ils ne vous donnent en moi une amie sincère. -- Quand on ne s'attend à rien, on est facile à contenter. Outre la différence de nos états, vous ne trouverez point en moi, Madame, un retour d'amusement que votre esprit aimable vous donne droit d'exiger de tous ceux avec qui vous vivez.

A ce moment, le Vicomte rentra. Il ne put s'empêcher de voir dans les yeux de Madame de *** une grande ſurpriſe & un nuage de jalouſie. Elle triompha vîte cependant de ce petit mouvement involontaire, & le félicita de poſſéder un cœur auſſi pur & auſſi ſenſible, en le priant de leur laiſſer continuer cet entretien; mais ils furent une ſeconde fois interrompus. Un courier annonça la nouvelle de l'arrivée du Prince Koroki, venant voir Madame de F***. il faiſoit demander la permiſſion de dîner chez le Vicomte, quoiqu'il n'en fût pas connu. Celui-ci lui envoya une voiture. Je ne le connois point, dit-elle. —— Et moi, de réputation ſeulement. Je ſais qu'il croit aux poſſibilités; mais je ſais auſſi que, ſouverain d'une principauté en Pologne, il rend ses vassaux heureux. Ne le mystifiez pas, je vous en supplie; le seul laboratoire de votre château qu'il faille lui faire voir, est le sallon des métamorphoses. Madame de ***, vivement piquée, ne parut pas comprendre. —— Il commande, répondit-elle, il gouverne; c'est assez pour qu'il préfère une agréable flatterie à une vérité utile; il suffit de la dire à ces Messieurs, pour qu'ils s'imaginent qu'on les abuse. D'après le portrait que vous m'en faites, je voudrois le sauver; mais je me perdrois sans le servir; &, malgré ce qu'il m'en coûte, il faut que je le sacrifie —— Il n'en est pas des Princes comme des autres: leur exemple entraîne; les tromper, c'est inoculer tout un pays. —Eh bien ! faisons-en l'expérience. Parlez lui le langage de la raison ; vous échouerez ! Je parlerai celui des illusions, il jurera par mes paroles. Vous ne connoissez pas les charmes qu'a l'erreur pour les trois quarts de la terre.

Pour décider la question, on résolut avec quel empressement le Prince iroit au-devant de la lumière.

Pendant qu'il étoit encore sur les grands chemins, Madame de *** desira voir la maison du Vicomte. Elle entre d'abord dans son attelier littéraire. Sur un vaste bureau étoient tous les ouvrages périodiques de l'Europe. Le Magasin de Busching, où il y a tant d'erreurs, quoiqu'il y en ait moins que dans sa Géographie. Les lettres de Schiotzer, où il y a si peu de goût, si peu de philosophie, tant de fiel, & si peu de pureté de langage; les Ephémérides de Rome, si ingénieuses & si fatiguantes, où l'on trouve les gentillesses de Catule, & rarement le bon-sens d'Horace; le Courier de l'Europe, si lourd quand il se mêle de littérature; si obscur, quand il se jete dans la politique. Le Mercure, bien écrit, bien frivole, bien vanté; l'Année littéraire, si pédante, si injuste, si peu instructive; le Pot-pourri, si négligé, si mordant, si original; les Mémoires, si froidement éloquens; les Annales, si paradoxales; un fatras de feuilles si inconnues, si utiles à connoître, telle qu'un Musæum, un Journal de Nancy, une Bibliothèque Germanique, un Journal de Bouillon, une

Gazette de Venise, un politique Hollandois, &c. Mais c'étoit la manie du Vicomte, ainsi que de recueillir toutes les gazettes, celle de France, qui ne dit rien; celle de Leyde qui dit tout; le Courier du Bas-Rhin, Rhéteur politique; le Courier d'Avignon qui se nourrit d'amour, de vers, de lettres; le Courier de Francfort, dont la valise typographique est remplie d'anecdotes hasardées, de nouvelles en l'air, de réflexions triviales, de louanges intéressées, de critiques suspectes.

Le bruit des voitures annonça le Prince. Après les premiers complimens, il leur expliqua le but de son voyage. C'étoit la passion de s'instruire d'une science qui ané antit toutes les autres; il avoit une liste des vases d'élection, distributeurs de la lumière ; s'il l'acquéroit, il vouloit la faire servir au bonheur du monde.

Ces vues pleines d'humanité embarrassoient cependant un peu Madame de C...., qui rêvoit aux moyens de ne pas compromettre sa réputation. Elle fut un peu rassurée, lorsque le Prince ajouta ; j'ai déjà vu de ces êtres surnaturels ; mais c'est à leur commerce intime que je voudrois être initié. Je dis que Madame de *** fut rassurée, parce qu'en effet il n'y a rien de si aisé que de faire voir à ceux qui ont vu.

Le Vicomte gardoit un silence tenace. On vint dire qu'il étoit servi. Le dîner suspendit cette conversation, si orageuse quand on est d'avis contraires, si insipide lorsque tout le monde est d'accord. Le Prince cependant s'en éloignoit à regret; mais Madame de *** lui disoit, en termes mystérieux, qu'ils étoient dans un lieu inconnu, qu'il falloit avoir la timidité de la colombe & la prudence du serpent. Il comprit, mangea à la hâte, & cacha fort mal la désobligeante impatience de partir. Le Vicomte qui la partageoit, ménagea leur liberté. Ils montèrent en voiture. M. de Bajac n'avoit pas encore eu le tems d'examiner à fond les projets de Socrate, & s'attendoit à voir quelques nouvelles théories sur l'impôt, un bouleversement dans les finances, un plan de partage. Non, il s'agissoit tout simplement d'une ÉDUCATION NATIONALE. Il proposoit d'établir dans chaque ville, dans chaque bourg, dans chaque village, aux dépens de l'état, des maisons où les pères seroient obligés d'envoyer leurs enfans, depuis cinq ans jusqu'à douze. Les dépenses étoient prises sur les évêchés trop riches, sur les abbayes tout-à-fait inutiles, sur les chapitres devenus scandaleux. Les instituteurs étoient les moines, auxquels on ôtoit ces mascarades noires, grises, blanches, brunes; les religieuses étoient pareillement appliquées à l'éducation des filles. On apprenoit à lire, écrire, calculer; on inspiroit la religion, l'amour de la patrie, & le respect pour les mœurs. Quant au latin, à la fable, à la rhétorique, aux vers, à la scholastique, aux syllogismes, on n'en parloit ſeulement pas. Socrate n'avoit pas cru pouvoir fixer des imaginations de dix ans, avec les monotones leçons d'un pédagogue. C'étoit en travaillant qu'on s'introduiſoit; par-là, les maiſons devoient plutôt reſſembler à des manufactures actives qu'à des collèges oiſifs. Tout étoit prévu, diſtribué; il ne s'agiſſoit que de convertir des fainéans en hommes utiles, & d'illuſtrer un état, ſinon avili, du moins plus que négligé.

Ce projet que je regrette de ne pouvoir tranſcrire ici tout entier, ajoute beaucoup encore à l'idée que le Vicomte avoit conçue de la bienfaiſance éclairée de Socrate; & dans ce moment il partit pour lui déclarer qu'il acceptoit ſa propoſition, & étoit prêt à partir pour le présenter aux différens Princes de l'Europe.

Socrate enchanté l'embrasse avec reconnoissance. Ils concertent le plan de la route. Ils crurent que si l'Angleterre donnoit cet exemple, le reste de l'Europe le recevroit sans peine.

Le Vicomte se rendit donc à Londres, avec Coraly, une femme-de-chambre & deux domestiques. Il s'adresse à M. William Pitt, moins encore à raison de sa célébrité, que de son amour pour le bien. Le jeune ministre approuve le projet dans tous ses points, observant seulement qu'il falloit le modifier selon les climats, les constitutions, les pays. Mais lorsque M. de Barjac lui demande de le porter en Parlement, voici sa réponse : « Les étrangers se mépren-

» nent presque tous sur ce grand » corps. Ce n'est pas la raison qui le » meut, mais l'esprit de parti ; les » talens avérés de dix à douze in- » dividus n'agissent pas sur l'ensem- » ble. On s'occupe de sa fortune, & » non de la patrie. Je proposerai son » salut, le remède m'en auroit été » révélé par Dieu même : MM. Fox, » North sont obligés par état de s'y » opposer. Sans cela plus de Parle- » ment, & dès-lors plus d'adminis- » tration ». — Ainsi donc vous pensez que je ne réussirai pas ? — Non ; d'ailleurs vous êtes françois ; & quoique nous nous donnons pour de grands philosophes, je vous confierai que la vérité qui nous v ndroit des bords de la Seine, ne feroit pas de grands prosélytes chez nous. Je vous conſeille de paſſer en Amérique ; on y va aujourd'hui comme à Paris. C'eſt un pays tout neuf, où l'enthouſiaſme d'une exiſtence nouvelle favoriſe ce qu'on y apporte.

Le Vicomte s'embarque, dans vingt-deux jours voit les clochers de Philadelphie, ſe préſente chez M. Thompſon, lui déroule ſes projets. Nous ſommes encore un peu dans la confuſion, dit celui-ci, & ſans argent ſur-tout. Il nous arrive aſſez de transfuges européens, & rarement de piaſtres. On nous fait en Europe un peu plus d'honneur que nous ne méritons ; mais ſi vous vouliez repaſſer dans un demi-ſiècle, le Congrès vous écouteroit avec plus d'utilité, & pour vous, & pour lui. M. de Barjac remet ſes papiers dans ſon porte-feuille, & profite de cette occasion pour voir l'Amérique, qui dévorera notre continent, ou ne jouera jamais un grand rôle dans l'histoire. Il trouve que M. Raynal étoit un discoureur éloquent, & M. Payner un observateur exact.

Comme il n'y a que DOUZE LIEUES de l'Amérique en Russie, il s'y rendit, & porta son plan au Prince Potemkin, qui, appuyé sur la cheminée, oublia assez long-tems de lui répondre. Enfin, il lui confia que la guerre des turcs, & Madame de S..... ; la création d'une marine & l'embellissement de ses terres ; les détails de l'administration & les caprices de ses maîtresses ; l'alliance de l'Empereur & les couches de sa nièce, lui prenoient trop tems, pour que dans le moment il pût parler à sa Souveraine, de l'éducation nationale ; qu'il en étoit d'autaut plus fâché, qu'elle alloit volontiers au-devant des nouveautés utiles. D'après cette réponse, le Vicomte fut à la comédie, c'est-à-dire à la cour, & partit quelques jours après pour Varsovie, espérant davantage du plus aimable & du plus généreux des Monarques. Il aime le bien ; mais il corègne avec un CONSEIL, & tout ce qui exige le concours de ce tuteur sévère, par cela même lui déplaît. On en prévînt à tems M. de Barjac qui passa debout, & vint à Berlin.

On lui fit tant de questions aux portes, sur sa naissance, son état, ses occupations, sa compagne, ses vues, sa fortune, qu'il crut parler à l'inquisition ; révolté de ces précautions humiliantes, il tourna bride, & n'entre pas même dans Berlin. Il ne tarda pas à se répentir de sa vivacité. Il manqua dans un instant l'occasion de voir la plus belle ville de l'Allemagne, le plus grand Roi de l'histoire, des ministres équitables & savans, des généraux habiles & modestes, des femmes aimables & sensibles ; or il faut faire beaucoup de chemin pour rencontrer tout cela. Il fut droit en Suède, où le Roi ne put pas lui donner audience, parce qu'il faisoit un répertoire.

L'accueil qu'il reçut en Danemarck le dédommagea. M. de Gulberg lui répondit que dans ce moment les loix somptuaires les occupoient beaucoup ; mais que dès qu'on se seroit accoufumer à ne plus manger, à ne plus boire, à ne plus rire, on exécuteroit son projet.

Cette lettre le détermina à s'embarquer pour la Hollande, où il s'adressa au Stadhouder; il accepta tout, & il alloit expédier les ordres nécessaires, lorsque le Duc Louis de Brunsvick entra. Piqué de n'avoir pas été consulté, il prit tranquillement la plume des mains du Stadhouder, la remit dans l'encrier, fit une grande révérence au Vicomte, qui s'apperçut de sa faute, gagna les Pays-Bas, & se montra à la cour de Vienne. J'accepterois volontiers votre projet, lui dit avec bonté le sage Joseph; mais dans ce moment j'ai besoin de l'argent des moines pour combattre les infidèles. Je ne peux pas faire tant de bonnes œuvres à la fois. Dans l'espace de trois ans, j'ai guéri & consolé le Pape, & purgé mon pays de mendians. Je vais chasser Mahomet des domaines de Jesus-Christ; le lendemain de mon expédition, je suis à vous.

Cet engagement le tranquillise, & lui donne le tems de commencer par Naple. Il s'adresse au premier ministre, M. le Chevalier Acton, homme d'esprit, de tête & de courage. Votre projet est excellent, lui dit-il, pour tous les autres pays; mais il y a dans celui-ci tant de canailles, que toutes les éducations n'y feroient rien : quant à la noblesse, elle est par-tout élevée de la même façon.

Il se flatte de ne pas entendre les mêmes raisons des successeurs du peuple romain. Le Pape lui fit dire qu'il aimoit les filles, & les marioit ; que l'éducation de leurs enfans regardoit l'avenir, qu'il étoit si las des cours de Bourbon, des affaires de l'Empire, & de la thiare en général, que s'il étoit à recommencer, il la laisseroit à qui voudroit s'en coëffer.

On ne lui conseilla pas d'aller à Thurin. On y commence par examiner si ce qu'on propose s'est fait autrefois, & si l'on en rencontre aucune trace, refusé, comme nouveauté dangereuse.

Il s'embarque donc à Livourne pour l'Espagne. Il eut grand soin de n'y pas calculer le revenu des moines, On lui promit la première résolution dans six mois. Chaque incident auroit amené la même difficulté, & une génération toute entière auroit eu le tems de passer, avant qu'on ce fût décidé sur son éducation.

Il ne lui restoit plus que la France. Il y arrive au mois d'Auguste, après dix-huit mois de course. Un de ses amis lui dit en courant : si vous voulez faire présenter votre mémoire par Coraly, votre succès sera entre ses mains ; mais quand vous aurez obtenu l'admission de votre plan, le Parlement, l'assemblée du Clergé, la Sorbonne vous dégoûteront, à coup sûr, des projets. Ce conseil lui fut confirmé par tant de gens, qu'il prit la résolution de sauver Coraly, & de revoir son hermitage.

Si le voyage fut inutile aux bienfaisantes vues de Socrate, il ne le fut pas à l'éducation de Coraly. Une foule d'idées entrèrent dans cet esprit, naturellement observateur. Rien ne lui échappa de ce qui avoit trait aux mœurs, à la société, à la connoissance des hommes ; elle notoit tous les jours dans son journal ce qui pouvoit l'aider à penser, & sur-tout le nom, le portrait, le caractère des femmes & des hommes qu'elle avoit connus & distingués. Sa beauté extraordinaire lui valut des hommages, des flatteries, des douceurs, des déclarations, des prévenances ; cette confusion de sentimens inspirés & oubliés, ne laisse dans les ames honnêtes que de l'indifférence pour ce commerce de phrases, de pièges, & de duperies établi entre les deux sexes dans tous les pays. Mais il y eut aussi des hommes qu'elle diſtingua, parce que ſi les prétentions ſont une eſpèce d'inſultes, le deſir de plaire eſt un véritable hommage. Parmi ces hommes, étoient le Duc de Morsheim, le Comte de Bruhl, le Prince Svanoski : entre les femmes, la Comteſſe Williska, la Marquiſe de Lante. La première lui avoit offert toutes les qualités qu'on chérit dans une femme ; & leurs ſentimens furent ſi bien d'accord, qu'elles ſe trouvèrent s'aimer tendrement, quand elles croyoient ne faire encore que ſe connoître. Le Duc de Morsheim avoit à-peu-près tout ce qui rend eſtimable & dangereux ; une de ces figures qui n'échappent pas même à l'œil le plus chaſte. Il étoit pour le Vicomte, ce que Madame de Williska étoit pour Coraly.

Telle fut la ſituation de leurs ames lorſqu'ils arrivèrent chez Socrate, à qui leurs lettres n'avoient pas laiſſé ignorer le peu de ſuccès de ce voyage. Une plus grande affliction les attendoit. Depuis trois jours il compoſoit avec la mort, dont il vouloit arrêter la faulx juſqu'au retour de ſes amis. A leur aſpect, il l'oublia entièrement : vous venez, leur dit-il, recueillir mes derniers ſoupirs. S'il étoit poſſible de regretter le bien qu'on a voulu faire aux hommes, je regretterois les deux dernières années de ma vie, que je pouvois goûter au ſein de la nature & de l'amitié. Celui qui nous fait naître & mourir à ſon gré, en ordonne autrement. Je ne porte devant ſon trône éternel, ni murmures, ni demande importune;

il m'accorde le plus grand des bienfaits, une mort paiſible. Je ne crains pas plus de ceſſer d'être, que je n'ai deſiré d'exiſter. Il me ſemble que je n'ai plus la poſſibilité de ſouffrir. J'emporte avec moi l'idée de n'avoir fait de mal à aucun homme, & d'avoir toujours deſiré contribuer au bonheur de l'eſpèce.

Chaque mot qu'articuloit ſa mourante voix, deſcendant dans l'ame de Coraly, & y portoit un ſentiment profond de douleur, qui ſe ſoulagea enfin par un torrent de larmes. Elle les dévoroit ſous ſon mouchoir, pour ne pas annoncer à Socrate la raiſon qui les faiſoit couler.

Alors il fit venir une caſſette dépoſitaire de ſes volontés dernières. Il en confia l'exécution au Vicomte; il le pria d'approcher, & lui dit quelques mots à l'oreille ; ſon viſage devint plus calme ; il demanda quelques gouttes d'un élixir. Après les avoir priſes, il ſembla avoir recouvré plus de force ; il fit une prière à la nature, ſouvent interrompue par les ſanglots de ceux qui l'environnoient. Il pria Coraly d'approcher, la ſerra dans ſes bras, lui recommanda la ſageſſe, & lui fit promettre de ne jamais ſe plaindre de lui, dans quelques circonſtances que l'avenir la plaçât.

Maintenant, leur dit-il, éloignez-vous, je n'ai plus que quelques minutes à exiſter. Laiſſez-moi me recueillir dans le ſein de l'être des êtres. Ses domeſtiques ſe retirèrent. Le Vicomte reſta. Coraly, derrière ſa chaiſe, étouffoit ſes larmes.

Il parla seul alors. Voilà donc ce que c'est que la mort ! Que me reste-t-il dans ce moment ? Le souvenir d'un mal que dix-huit ans de regrets n'ont pu effacer. Ciel, pardonne : s'ils ne suffisent pas à ta vengeance, je suis encore prêt à souffrir. Où est Coraly ? peut-être que ses vertus l'appaiseront. Alors elle s'approche. Coraly, ma chère Coraly, j'ai besoin aujourd'hui de ton innocence & de tes vertus pour être médiatrices entre le Ciel & moi. Tu sauras un jour.... Il prend une de ses mains, colle dessus ses lèvres mourantes, penche sa tête, & expire.

Cette fille infortunée éprouvoit un genre de sentiment qui lui étoit tout-à-fait inconnu. Des mots dont elle ne comprenoit pas le sens, des mouvemens dont-elle ne démêloit pas l'origine, la vue d'un ſpectacle ſi attendriſſant, tout courroit à ce que ſon ame fût ſuffoquée de ſenſations inouies & cruelles.

Le Vicomte jette un coup-d'œil précipité ſur ſon teſtament, pour voir s'il ordonneroit quelque choſe de particulier ſur ſes funérailles. Nulle diſpoſition ſur cet objet. Il donna avis de ſa mort au juge du lieu & au curé. Celui-ci refuſa de l'enterrer, donnant pour raiſon qu'il avoit vécu comme celui dont il portoit le nom. Le Vicomte ne crut pas que cela valut la peine d'inſiſter, & répondit qu'il l'enterroit lui-même. Il lui fit en effet creuſer un tombeau dans la partie la plus ſolitaire de ſon jardin, où il le dépoſa, ſe réſervant un jour de consacrer cet endroit par un monument plus durable. Au lieu de l'eau-bénite des prêtres, il fut arrosée des larmes de tous ceux qui l'avoient entouré. Y a-t-il rien de plus ridiculement scandaleux que la tyrannie du clergé sur les cadavres ? & comment la puissance séculière peut-elle se taire, & livrer au fanatisme ces tristes débris de l'humanité ?

Le testament de Socrate ouvert, fit connoître ses dispositions. Il instituoit Coraly son héritière ; il laissoit à la volonté du Vicomte la récompense de ceux de ses gens qui ne demeuroient pas auprès d'elle. Il donnoit dix mille livres à une femme dont le portrait étoit dans la cassette, & l'histoire dans le manuscrit numérote 37. Il prioit le Vicomte d'accepter sa bibliothèque, & lui recommandoit de brûler le manuscrit 36, lorsqu'il l'auroit lu, en cas que cet article de ses volontés dût demeurer sans effet.

Après la lecture de ce testament, leur étonnement fut extrême. Il leur avoit caché pendant sa vie une grande partie de sa fortune; elle étoit considérable. Coraly devoit en jouir, & à peine la connoissoit-il. Les manuscrits seuls pouvoient donner la clé de ses dispositions. Ils se pressent de lire celui qui étoit sous le No. 37. Voici ce qu'il contenoit.

« Lorsque j'eus renoncé au monde, je ne me sentis pas aussi le » courage de renoncer à toute espèce de plaisirs. Il en est dont on

» porte le souvenir en tous lieux.
» J'eus occasion de voir quelquefois la fille d'un avocat auquel j'avois eu recours pour l'acquisition de mes terres. Elle étoit belle comme peu de personnes l'ont été. Mon argent, & non ma personne, la séduisit. Il est vrai que mon genre de vie ne pouvoit guère amuser une jeune fille mal élevée. Elle devint mère. Son père s'en apperçut sans colère. Il vint me trouver, & me dire que si je voulois joindre vingt mille livres à ce qu'il pouvoit donner à sa fille, il la marieroit à un homme qui passeroit sur l'irrégularité de sa conduite.
» Je consentis à tout, & je donnai même dix mille écus, à condition qu'on me laisseroit maître de l'en-

» fant qui naîtroit. On me le pro-
» mit. Le mariage se célébra ; quel-
» ques mois après, naît le fruit de
» ma passagère union ; on m'écrit
» qu'il n'a vécu que quelques jours.
» Je remerciai le Ciel de ce qu'il
» avoit disposé tout pour le mieux.
» A peine cependant sa mère fut-
» elle en état de sortir, qu'elle vint
» un jour me révéler le secret. Cet
» enfant vivoit ; son mari, craignant
» de laisser subsister quelques traces
» de sa faute, avoit feint sa mort,
» lui avoit choisi une nourrice à vingt
» lieues de chez lui ; malheureuse-
» ment il lui laissa ignorer le lieu où
» cet enfant étoit exilé avant qu'il
» eût ouvert les yeux à la lumière.
» Je remerciai sa mère de ses avis,
» & m'informai inutilement du lieu

» de son séjour. Je n'ai jamais pu le
» découvrir. Il n'y a qu'un an en-
» viron que je sais que la sœur d'un
» curé l'éleva ; ce curé mourut il y
» a deux ans, sa sœur ne tarda pas
» à le suivre, qu'alors leur pupille,
» doublement orpheline, fut re-
» cueillie par M. le Vicomte de Bar-
» jac. Cette fille infortunée est Co-
» raly. Je n'ai jamais voulu lui ré-
» véler le secret de sa naissance avant
» qu'elle sût que ma fortune la met-
» troit à même de se passer des hom-
» mes. C'est à ce titre que je la
» nomme mon héritière. J'ai donné
» les dix mille livres à sa mère, pour
» récompense de ses avis, quoiqu'in-
» fructueux ; je n'ai appris l'exis-
» tence de cet être que pendant son
» voyage ; mais le portrait qu'on

» m'en a tracé, m'a fait vivement » regretter de ne l'avoir jamais vue, » après avoir connu le Vicomte de » Barjac. Je remercie Dieu de ce » que le dépositaire de mes secrets » le fut aussi de ma fille. Quel que » soit le lien qui les unisse, je n'en » puis être affligé ni inquiet. Les ar» rangemens que font les cœurs hon» nêtes & vertueux, les sermens » qu'ils se jurent sur l'autel de la na» ture, sont plus sacrés que ces con» trats où beaucoup d'or paie un peu » de beauté. Puissent-ils, en parcou» rant leurs jardins que mes mains » ont plantés, les fontaines qu'elles » ont creusées, donner quelques » souvenirs à ma cendre, & appeller » mon ombre errante à leurs ten» dres entretiens ! Si le Ciel accorde

» quelques récompenſes aux ames
» pures, je lui dirai que ma félicité
» conſiſteroit à être témoin de la
» leur ».

Il eſt difficile d'exprimer la quantité de mouvemens divers que cette lecture laiſſa dans l'ame de Coraly découvrant ſans nulle préparation le ſecret de ſa naiſſance, combattue entre le bonheur d'être née d'un tel père, & le malheur d'être le fruit inconnu d'une union illégitime, paſſant d'une indigence complette aux reſſources de l'oppulence.

La nature a donc des droits invincibles, s'écria-t-elle, voilà donc la ſource de ces larmes dont mon cœur étoit comme inondé ! Ah, mon ami ! il n'y a qu'un être pour moi dans cet univers ; ſans vous, j'y errerois abandonnée; chacun repoufferoit une inconnue. Je vous posfède, je n'ai nulle crainte; mais jugez à quel point vous devez m'être cher. Vous fentez bien que ces terres, ces maifons, ces contrats ne peuvent me convenir; prenez tout cela, je ne changerai jamais ni d'état, ni de féjour, ni de maître, ni de fentimens.

Le Vicomte, non moins étonné, lui repréfenta qu'il falloit d'abord connoître le fond de leurs affaires avant de penfer à un projet; que les loix devoient être confultées, & que peut-être viendroit-on à bout de trouver le fil qui les conduiroit au parti le plus fage. Il commença à faire venir un avocat; on le mit dans la confidence; on le chargea de tout diriger; on ne toucha pas à la plus petite chose pendant deux mois. Les domestiques de Socrate demeurèrent dans la maison jusqu'à ce que les formalités fussent remplies.

Les nombreuses connoissances que Coraly avoit faites pendant son voyage lui écrivoient, & conservoient l'intérêt qu'elle leur avoit inspiré; elle portoit le nom de la Vicomtesse de Barjac, & passoit pour être sa fille. Parmi ceux qui lui avoient promis de la venir voir, le plus empressé fut le Duc de Morsheim que nous avons déjà eu occasion de nommer. Ce n'est pas assez, il faut le faire connoître. C'étoit un homme de trente-six ans, réunissant les avantages de la taille, & ceux de la figure. Lorsqu'il rendoit les plus grands services il croyoit faire une chose toute simple, & pour les plus légères obligations il ressentoit une reconnoissance si vive, qu'on étoit heureux de lui avoir été utile. Les déclarations, les aveux, ne furent jamais à son usage; mais ses soins étoient si bien appliqués, ses regards si éloquens, qu'on savoit ce qu'il croyoit devoir taire. —— Une fleur avertissoit sa maîtresse, dès le matin, qu'il avoit en idée assisté à son réveil; & industrieux à lui rappeller, dans le cours de la journée, qu'une être veilloit à son bonheur, elle pouvoit s'y méprendre & croire quelquefois qu'elle avoit deux ames. Sans faire beaucoup de frais, il étoit bien avec tout le monde, ne prostituant ni son éloge, ni sa personne; une visite sembloit une préférence, son suffrage une distinction ; assez connoisseur pour juger de tout, assez gai pour être au niveau des hommes les plus amusans, assez modeste pour céder des places qu'il pouvoit au moins partager ; son caractère distinctif étoit une indulgence qui pardonnoit aux sots, excusoit les erreurs, voyoit fort tard les ridicules, & se taisoit sur ceux qui en infectoient la société.

Coraly n'avoit point encore vu d'homme aussi séduisant. Joignez à cet amas rare de belles qualités un desir si exclusif de lui plaire, qu'elle ne pouvoit jeter un regard sans qu'il fût rencontré & recueilli ; laisser échapper un desir qui ne fût satisfait ; dire un mot qui ne fût goûté. Le Vicomte étoit aimable sans doute, attentif même ; mais d'autres goûts le partageoient. Monſieur de Morsheim n'avoit qu'une affaire, une penſée; un deſir, un genre de bonheur, ſon ame n'avoit qu'une ſenſation; l'univers étoit concentré dans Coraly.

Dès les premiers jours, un trouble ſecret s'empare de ſon ame. Ce calme, préſage heureux de l'innocence, cède la place à une crainte juſques-là inconnue; la gaîté, le tréſor des ames pures, ſe changea dans une douce mélancolie. La perſonne avec qui elle aimoit le mieux être étoit le Vicomte; mais elle aimoit mieux encore être ſeule; elle ne tarda pas à lui confier ſon nouvel état. Imaginez-vous, mon tendre ami, lui diſoit-elle, ayant les yeux humides de larmes; imaginez-vous qu'il eſt un homme à l'aſpect duquel mes genoux chancellent, ma voix s'étouffe, mon front rougit, mes discours s'embarrassent, mon cœur bat. Si je ne le vois pas, mon ame est consumée de tristesse ; si je le vois, la crainte de le perdre m'empêche de jouir du moment où je le possède. S'il parle, le son de sa voix pénètre mon cœur ; s'il se tait, j'explique son silence, ou ses regards y suppléent. Si on le loue, mon cœur tressaille ; si on le blâme, l'impatience m'agite ; si l'on n'en dit rien, l'univers me semble injuste ; cet homme dont l'image me poursuit, qui s'oppose à mon sommeil, cet homme est le Duc ; & cependant le Ciel qui lit dans les ames, vient au secours de mon innocence, & m'est garant que je n'aime que vous. Ah ! mon protecteur, mon Dieu tutélaire, apprenez-moi ſi je ſuis innocente ou coupable. Eclairez ces nouvelles ténèbres de mon ame.

Le Vicomte déchiré de douleur, attendri de ſon innocente inquiétude, lui en nomme la cauſe. C'eſt ce ſentiment tyrannique & impérieux, dont nous avons parlé ſi ſouvent. C'eſt cet amour enfin, le maître de ceux qui lui réſiſtent comme de ceux qui reconnoiſſent ſon empire. Coraly fondoit en larmes, ſans pouvoir connoître leurs ſources, ſe jetoit dans les bras du Vicomte, le tenoit fortement ſerré ſur ſon ſein, & lui répétoit mille fois : non, non, j'abhorre un ſentiment qui vous ôteroit une partie de moi-même.

Quel eſt donc la nature de ce ſentiment ? Cette fille ſi modeſte, tremblante à la voix d'un homme qu'elle ne veut pas aimer, ne craint rien de celui qu'elle aime.

Le Vicomte ne pouvoit pas l'éclairer ſans jeter dans ſon ame le germe de l'inquiétude, en lui diſant : le premier pas vers le bonheur eſt de ſavoir ſi vous inſpirez le même ſentiment qui vous enflamme ; vous avez pu plaire ſans allumer une paſſion ; mon affaire eſt de ſonder le cœur du Duc de ***. Il le fit ſans uſer d'un grand détour. Le Duc lui confia que ſon cœur n'avoit pas été à l'épreuve de tant de charmes, mais que ſa poſition lui ayant défendu toute eſpérance, l'honnêté lui avoit interdit tout projet. — Vous devez oublier mes ſoins envers Coraly ; le premier eſt de la rendre heureuſe ; & ſi vous étiez l'homme que l'amour eût choisi pour sa félicité, je ne m'y opposerois pas.——Eh bien ! ma fortune vous est connue. J'offre de la partager avec Coraly. J'ai trop d'amour, trop de respect, car le véritable amour n'est jamais sans lui ; j'ai trop d'amour, dis-je, pour penser que mes bienfaits puissent jamais faire rougir son front ingénu. Je dois ma fortune à ma mère. Une mésalliance la mettroit au tombeau. Un hymen secret pourroit-il accorder sa foiblesse & ma passion ? Je consens que personne ne puisse s'y méprendre, pourvu qu'une erreur apparente sauve à ma mère des instans d'humeur. —— Coraly seule peut décider. Vous êtes même assez heureux pour que son penchant seul dicte sa réponse, puisque ſa fortune la met dans le cas de n'avoir beſoin de celle de perſonne ; pour connoître ſes inclinations, demeurez quelque tems avec nous, & ſoumettez vos ſentimens mutuels aux épreuves de l'habitude. Le Duc, dans l'ivreſſe de la reconnoiſſance, ne trouvoit pas d'expreſſion.

M. de Barjac raconte cette converſation à Coraly. Sans doute ce fut un moment bien doux ; celui où elle apprit qu'elle étoit aimée ; mais cependant ſa première queſtion fut : lui avez-vous dit au moins le honteux ſecret de ma naiſſance ? Non, répondit le Vicomte ; j'ai cru que ce devoit être le ſujet d'un autre entretien. Ils réſolurent donc de laiſſer naître les occaſions.

Cependant le Vicomte ne put réfister à ce désolant spectacle, & surtout à la violence qu'il se falloit faire pour cacher son état. Le sacrifice eût trop perdu de son prix, s'il avoit été deviné. Tout le désespéroit, & la scrupuleuse franchise de Coraly qui ne lui laissoit rien ignorer, & peignoit avec une cruelle ingénuité les premiers transports de son ame jusqu'alors étrangers à ces délicieuses sensations; & l'image de la félicité du Duc de Morsheim jouissant de son ouvrage avec la douce crainte de le perdre.

De tous les tourmens de l'ame, en est-il qu'on puisse comparer au malheur de sentir ce qu'on n'inspire pas! Tour-à-tour jaloux sans sujet, injuste sans prétexte, ingrat puisqu'on compte pour rien tout ce qui n'est pas ce sentiment; tyran dès qu'on exige ce qui n'eſt pas au pouvoir de celle qu'on aime, vindicatif, dur, inégal, on a tous les défauts; parce qu'on reſſent tous les malheurs, & l'on eſt d'autant plus à plaindre, que la raiſon échoue contre ce funeſte ſentiment qui abſorbe les facultés de l'ame, & n'y laiſſe pénétrer ni le jour de l'équité, ni la voix inſinuante de la perſuation, ni les conſeils de vos propres intérêts, ni même l'eſpérance, ſi elle ne promet que des biens éloignés.

Amour ! chère & fatale paſſion, que de maux tu fais à l'homme foible & ſéduit ! Le Ciel bienfaiſant lui a donné la paix de l'ame, le ſommeil qui enchaîne juſqu'à la douleur, la ſanté avec laquelle on brave tous les chagrins, les reſſources de l'eſprit qui embelliſſent l'exiſtence. L'amour malheureux détruit tout ; ſa victime, dévorée par les ſerpens de la jalouſie, invoque la raiſon ſourde à ſa voix, & ſoupire après un bien qui n'eſt pas au pouvoir de celle même qu'il ſollicite.

Ces différentes épreuves influèrent ſur la ſanté du Vicomte. Quoiqu'il fût encore dans le bel âge, il ſembloit que la vieilleſſe, d'intelligence avec l'amour, précipitât ſes pas pour lui enlever ce qui plaît. Coraly s'en apperçut, & à forces de larmes, de ſollicitations, elle lui arracha ce ſecret.

Ainſi donc le premier uſage de mon ame eſt de faire le tourment de mon bienfaiteur. Je lui dois l'exiſtence, l'éducation, ce que je ſuis enfin;

& le premier acte de ma reconnoissance est de porter la mort dans son cœur ! Je vois sa santé s'altérer, sa gaîté disparoître, le bonheur s'enfuir, & je puis dire c'est mon ouvrage! & vous pensez que dorénavant il pourroit exister quelque félicité pour moi ? —— J'admire, chère & vertueuse enfant, l'empire que la raison & la vertu prennent sur votre ame, mais cette ame n'est plus en votre pouvoir. Vous vous rendriez malheureuse sans me rendre le bonheur. Vos combats infructueux ajouteront à mon infortune, & je joindrai au chagrin qui me dévore celui d'empoisonner vos plaisirs. —— J'ignore jusqu'où l'amour peut égarer une femme ; mais sans doute que le Ciel ne lui abandonne pas sa vertu. Il protégera mon innocence.

Qui le croiroit ? ces ſentimens ſi généreux, cette force ſi rare qui ſembloit pouvoir tout entreprendre, s'anéantiſſoient devant cet homme vainqueur de toutes ſes réſolutions. Sa modeſte douceur, ſa docilité enfonçoient de plus en plus le trait dans le cœur de Coraly. L'arrivée de la Comteſſe de Williska lui fit eſpérer quelque changement à ſa ſituation. Nous avons dit que cette dame & Coraly s'étoient liées de la plus étroite amitié. Auſſi c'étoit une veuve de vingt-trois ans. Ses parens lui perſuadèrent que la fortune étoit la première des néceſſités. Elle épouſe à l'âge de ſeize le Général de ***, qui avoit peu de réputation, la goutte & cent mille livres de rente. Un accès l'emporte la ſeconde année ; elle vint à

Paris jouir de ſa liberté ; & la ſeule manière eſt de n'en faire aucun uſage. Sa figure lui valoit à chaque inſtant des hommages. Elle avoit dans les yeux cette voluptueuſe langueur qui fait plus de conquêtes que les graces de l'eſprit , & la dignité de la vertu. Tous les arts contribuoient à ſes amuſemens. La muſique & la peinture ſur-tout étoient portées à un grand degré de perfection. Le public avoit donné hautement ſon ſuffrage à deux jolis romans que tout le monde connoît. Il eſt difficile de peindre ſouvent les douceurs & les tourmens de l'amour ſans les éprouver, & j'ai toujours été convaincu que les romans intéreſſans n'étoient que des réminiſcences racontées avec ſimplicité.

Telle étoit la Comteſſe, lorſque Coraly l'avoit connue ; mais quelques légèrs changemens lui parurent depuis avoir obſcurci le calme de ſon ame. Elle étoit toujours aimable ſans doute, mais ſa gaîté avoit quelque choſe de plus contraint, & l'égalité de ſon humeur ſe cachoit quelquefois derrière de petits nuages. Le premier bonheur de l'amitié eſt la confiance. La Comteſſe raconta donc à Coraly que toutes ſes occupations n'avoient pu la ſauver du malheur de s'attacher, & que depuis trois mois elle étoit en proie aux horreurs d'une paſſion qui n'étoit pas mutuelle ; qu'elle venoit dans cet aſyle chercher le remède à ſes maux. Celui qui les cauſe ne ſoutiendra peut-être pas leur aſpect, ajouta-t-elle : l'image de votre félicité avec le Vicomte me consolera, & votre tendre indulgence se prêtera quelquefois au délire de ma raison égarée. —— Ah, Madame! que me dites-vous? achevez: celui qui les cause, dites-vous, ne soutiendra pas leur aspect! c'est donc....—— Le Duc de Morsheim.

Coraly rougit, se trouble, ne peut achever. La Comtesse interdite ne sait à quoi attribuer cet accident. Coraly répond: il seroit affreux de vous abuser, & il l'est également de vous révéler ce qui déchirera votre ame. Le Duc, si fatale à votre repos, ne l'est pas moins au mien. Il m'aime, & n'aime pas une ingrate; j'afflige mon amie, je désole un homme que je chéris comme moi-même, & je ne rends pas heureux celui que j'idolâtre. —— Qu'ai-je fait ? Quoi ! Il pouvoit exister pour vous un autre homme que le Vicomte ! Ma Coraly a pu changer une fois ! —— Que l'amour en fureur n'outrage pas l'amitié innocente. Je ne veux d'autre juge que ce même Barjac.

Alors elle lui expliqua la nature de leurs liaisons, la naissance de son fatal amour, ses rapides progrès, l'impuissance d'en triompher, l'impossibilité de l'entretenir, & le projet de l'immoler à des devoirs chers à son cœur.

Quand il auroit été possible d'exécuter ce plan chimérique, les sacrifices rendent plus malheureux, & non plus libre. La Comtesse n'avoit point encore vu le Duc de Morsheim en particulier. Il lui fit demander une heure. Elle l'atttendit à midi ; cette explication fut orageuse. La Comtesse ne pouvoit pas se permettre des reproches ; mais ses plaintes étoient si vives, que le Duc ne pouvoit leur opposer que ce sang-froid qui désespère. Il lui apprit donc que ce château renfermoit quatre victimes de l'amour toutes également infortunées; qu'il se reprochoit à chaque heure du jour d'être chez le plus aimable des hommes dont il faisoit le malheur, & que dans trois jours il partoit pour l'Italie. Ce projet transpira ; l'ame de Coraly en fut si vivement affectée, que les lys de son teint disparurent. Sa santé se dérangeoit entièrement. Le Vicomte entre un matin chez M. de Morsheim, & le supplie avec tant d'ardeur de différer son voyage, qu'il l'obtint, & courut tout de suite chez

Coraly lui raconter sa victoire. Homme unique, répondit-elle, ne vous lasserez-vous jamais de faire le bonheur d'une ingrate ? Mais croyez que le Ciel & mes efforts vous rendront cette tranquillité si préferable à la tumultueuse ivresse dans laquelle est votre malheureuse amie.

Cette position cependant ne pouvoit pas durer. La Comtesse dans sa chambre, sans cesse occupée à peindre son amant ; Coraly dans celle du Vicomte, empressée de le consoler ; le Duc combattu par les procédés, & hors d'état de les suivre ; M. de Barjac voyant qu'il devoit tout à la reconnoissance & rien à l'amour, présentoient au reste de la société une suite continuelle d'embarras & de contrainte. Pour la diminuer, ils prétextèrent des arrangemens à prendre dans la maison de Socrate. C'étoit d'ailleurs une distraction agréable à fournir aux hôtes. Un évènement bien extraordinaire y changea la face des choses. Pour le comprendre, il faut se rappeller que tout étoit demeuré dans le même état depuis la mort de Socrate, & se ressouvenir de son aventure avec la jeune circassienne.

Le Vicomte la revit aussi belle que jamais ; mais comme il avoit fait la petite indiscrétion dans le cours de ses voyages, de raconter cette anecdote à Coraly, il crut devoir s'observer jusqu'au scrupule. Une nuit il se sent tout-à-coup réveillé par une main tremblante ; il trouve à côté de lui une femme, qui ne pouvoit être que l'obligeante circassienne. Quoiqu'ému, il se lève, & lui dit que les tems sont changés ; qu'il lui sait gré de son tendre souvenir ; mais que des raisons invincibles l'empêchent d'en profiter. Elle ne répondoit rien ; des soupirs entrecoupés lui échappoient, & il sembloit au Vicomte que ce n'étoit pas la même respiration ; il veut prendre une de ses mains, elle prend la sienne au contraire & la baigne de larmes. Attendri, il s'assied, & lui jure que ce n'est pas mépris de ses charmes, mais une raison sacrée, à laquelle tient le bonheur de son existence. Quelque chère que me soit votre erreur, je ne peux vous y laisser plus long temps, lui dit Coraly, c'étoit elle, qui, pour s'ôter le pouvoir d'être à jamais au Duc, étoit venue s'immoler dans les bras de son ami. Que m'importent les préjugés, pourvu que vous soyez heureux ! M. de Barjac s'éloigne en jurant qu'il n'est pas assez barbare pour recevoir de semblables sacrifices. Vous y refusez en vain, lui dit-elle, le Duc sera ici à six heures, il me verra, & mon impardonnable imprudence le guérira au moins, si elle me perd.

Eh bien ! dit le Vicomte, puisque vous voulez montrer à l'univers un martyr de la reconnoissance, prenons une autre voie : l'hymen aujourd'hui nous unira, & je vous remettrai ses droits jusqu'au moment où vos pleurs ne baigneront plus son lit. —— Quoi ! je vous donnerois pour femme, une fille sans nom, sans état, sans existence civile, &

dans quel moment ? lorſque dans l'aveuglement de la paſſion vous ignorez, ou plutôt oubliez les loix que vous impoſent cinq ſiècles d'illuſtration & de nobleſſe épurée ? Non, non, mon ami ; votre Coraly ne vous coûtera jamais une arrière-penſée. La tendreſſe & les vertus ſuppléeront les avantages que m'a refuſés la nature ; mais elle ne peuvent les équivaloir aux yeux d'un vulgaire ſouvent peu indulgent, & qu'il faut ménager.

Le Vicomte ne put la perſuader. Mais cette preuve de tendreſſe, que la voix des prudes proſcrira, dont la pudeur auſtère avec raiſon détournera les yeux, que la philoſophie pardonnera avec des reſtrictions, que la nature indulgente excuſera, & dont ſe vantera l'amour aveugle &

emporté, cette preuve de tendresse, dis-je, ramena l'espérance dans son cœur : ce qu'elle fit encore l'y fixa.

Dans un de ces entretiens où le Duc la laissoit lire dans son ame de feu ; elle ne lui cacha aucune des vives sensations qui l'agitoient. Sa foiblesse parut toute entière. A un état semblable, il faut de violens remèdes. Aussi je vous déclare que je suis un de ces êtres infortunés que l'amour met au monde dans un moment d'ivresse, que l'administration tolère, que la loi repousse, & dont la société ne sait que faire. Ma bouche vous déclare que voyant le Vicomte victime d'un feu qui le dévore, ne pouvant lui rendre un sentiment qu'un dieu plus fort que nous inspire & retient à son gré; ne pouvant en imposer à la passion qui dévore mon sein, j'ai voulu m'ôter tout espoir, & à vous tout desir. J'ai donc bravé la pudeur, les loix, mais non la vertu qui est dans mon cœur, & j'ai été cette nuit prendre avec lui des engagemens indissolubles à mes yeux. En vain il a respecté le délire de ma reconnoissance, en vain sa délicatesse a soustrait la victime à son sort; je n'en suis pas moins indigne de vous. L'avouerai-je cependant? j'avois le courage de renoncer à vous, & je n'ai plus celui de perdre votre estime.

L'homme le mieux préparé à toute espèce d'évènement, ne l'est pas à un de cette nature. Aussi le Duc, doublement interdit, fut-il long-tems sans pouvoir répondre. Malgré l'irrégularité inouie d'une ſemblable démarche, il ne ſe croyoit ni trahi, ni offenſé ; & ce qui auroit dû déſoler ſon amour, l'augmentoit encore, en ajoutant quelque choſe à l'idée qu'il avoit de cette fille extraordinaire. Avant de lui répondre, il voulut ſe recueillir, & pénétrer la vraie cauſe de cette imprudence combinée & réfléchie.

L'étonnement & le ſilence du Duc l'entraînèrent de ſon côté dans des réflexions profondes. Il lui sembla avoir trop outragé les loix ſévères de la décence, & le remords deſcendit rapidement au fond de ſon ame pour la tourmenter.

Sa phyſionomie rendoit toutes ſes ſenſations au Duc, qui vint à ſon ſecours.

« Tous vos efforts, ma chère
» Coraly ne parviendront pas à pro-
» curer au Vicomte de Barjac l'ef-
» pèce de bonheur après lequel il
» soupir. Vous ferez votre malheur
» en vous donnant par raison, sans
» qu'il en recueille le moindre fruit.
» L'amour n'acquitte pas les dettes
» de la reconnoissance ; ce sont les
» soins tendres, les complaisances
» délicates, le desir soutenu de plaire.
» Ah ! Barjac n'est pas le moins heu-
» reux. A ces mots, Coraly soupira
» & versa quelques larmes. Voyez
» la différence des deux sentimens
» qui vous occupent. L'amitié vous
» permet d'outrager votre amant, de
» lui déchirer le cœur ; & l'amour ne
» vous conseille seulement pas de
» lui épargner le récit des maux dont

» vous l'accablez ! Peu vous importe » qu'il espère, pourvu que les nuages » ges de votre ami soient dissipés ! » Coraly, Coraly, lequel des deux » est le plus fortuné ? »

Eh bien ! s'écria-t-elle, ayez donc pitié de ma jeunesse ; guidez ma volonté, faites que je vous aime sans être ingrate; mais diminuez le poids de mes inquiétudes, car, vous l'avouerai-je ? j'ai plus de maux que je n'en puis supporter.

Le Duc étoit cependant un peu inquiet sur le double sujet de la confidence de Coraly. Pendant plusieurs jours il avoit l'air rêveur. L'amour malheureux est prompt à saisir tout ce qui peut le flatter. La Comtesse entrevit ou crut entrevoir le moment de paroître avec plus d'avantage.

Dans le cours de divers entretiens avec M. de Morsheim, elle glissoit que jamais on ne pouvoit trouver d'élévation dans un certain ordre de femmes, & allant plus loin, raconta s'être trouvée une fois dans sa vie, dans un château, où étoit rassemblée bonne compagnie ; qu'un de ses amis étoit épris jusqu'à l'ivresse, d'une jeune personne qui avoit tous les dehors de la plus scrupuleuse vertu ; qu'elle trompoit cependant cet amant crédule, au point de se permettre cette espèce de démarches que la pudeur n'avoue pas, même dans celles qui obéissent à leurs foiblesses ; que le hasard l'avoit rendue témoin de tout ce qu'elle avançoit ; qu'elle en avoit conclu qu'une femme n'étoit fidèlle que lorsqu'elle savoit respecter ſes propres ſermens, & ſentoit cette noble fierté qui rougiroit de donner à un homme tant de droits & tant d'avantages ſur vous.

Ce récit reſſembloit beaucoup plus à un apologue qu'à une hiſtoire. Il porta un jour cruel dans l'eſprit du Duc, qui d'abord feignit de ne pas comprendre, & puis reprenant le calme de ſa raiſon, repliqua : j'ai été auſſi témoin d'une choſe bien rare de la part d'une perſonne née dans un état où l'on n'apprend pas à penſer avec fierté. Le cœur plein d'une paſſion invincible pour un homme que l'hymen ne pouvoit lui donner, & de la plus active reconnoiſſance pour un autre à qui elle devoit plus que la vie, elle voyoit ce dernier ſuccomber ſous la violence d'un amour qu'elle ne pouvoit partager, elle se décide à se donner pour prix de ses bienfaits, & se permit une de ces démarches qui ne laissent aucune excuse.

La Comtesse furieuse se lève : homme crédule, lui dit-elle, à quel point vous égare un amour insensé ! Un pareil stratagême vous en impose, comme si une femme qui a été surprise ne va point, par une confiance précipitée, prévenir l'impression que portera dans l'esprit de celui qu'elle abuse d'une perfidie qui ne peut long-tems rester ignorée !

Cette explication fut la dernière. La Comtesse prétexta des raisons de partir, & dès le lendemain elle revint à Paris.

Le Duc repoussa les soupçons que

ce dernier emportement auroit pu jeter dans son ame; mais il étoit désolé pour la gloire de Coraly, que sa rivale fût depositaire d'un semblable secret: car la probité la plus exacte n'impose pas toujours silence à la jalousie. Le Vicomte, qui ne se méprenoit pas au sentiment qui dirigeoit les actions de Coraly, ne vit que l'hymen secret proposé par le Duc de Morsheim capable d'assurer leur bonheur. Il profita de son imprudence pour l'y faire consentir. On ne lui laissa pas ignorer que la Comtesse l'avoit vue entrer de nuit chez le Vicomte, & que, dans son jaloux transport, elle avoit donné à cette démarche les plus funestes interprétations. Coraly soutint au contraire que ce motif même devoit la déterminer à n'avoir jamais d'autre époux que celui qu'elle avoit si hautement nommé. Mais cette raison qui lui marquoit toujours la vraie route, l'abandonnoit à la vue de son amant. Il lui peignit avec des couleurs si fortes les transports brûlans de son amour ; & le Vicomte, de son côté, donna si bien le change à ses propres sentimens, qu'elle céda, & les laissa maîtres de sa destinée. Il ne s'agissoit ni de fête, ni de publicité : un ministre des autels devoit le lendemain revêtir leurs promesses des formes ecclésiastiques. La prudence n'oublia rien de ce qui pouvoit assurer la tranquillité pour l'avenir. Le château où ils se trouvoient devoit être leur domicile. Nul détail domestique à soigner. L'abondance ne laissoit rien à desirer.

dans tous les genres, & à ſept heures du ſoir, ils furent liés par le plus ſaint & le plus indiſſoluble des nœuds.

Ils ſoupoient tranquillement, dans la douce jouiſſance d'un bonheur acheté par tant de peines, lorſqu'un bruit aſſez extraordinaire ſe fit entendre; un laquais tout affairé pénètre dans la ſalle, & comme il veut s'expliquer, une troupe de gens armés remplit l'appartement. L'un montre un ordre du Roi, deux autres enlèvent Coraly, un quatrième remet au Duc de Morsheim une lettre du miniſtre de la guerre, qui lui ordonne de joindre ſon régiment.

Tout le monde obéit, & le Vicomte, un quart d'heure après, ſe trouva ſeul dans le château. Il ne perd pas la tête ; & après avoir fait ses dispositions, il monte dans une chaise de poste & se rend à Paris.

Son premier soin fut de s'informer du bureau de quel ministre l'ordre étoit expédié. Il en connoissoit un alors où l'on vendoit la liberté d'un homme à l'infame calomniateur qui avoit de quoi la payer. Ses soupçons se trouvèrent fondés : il sut que l'infortuné Coraly étoit renfermée dans un couvent interdit à qui que ce pût être. Il fit passer de l'argent à la supérieure, avec la seule prière de pourvoir aux besoins d'une victime innocente de la calomnie, & sur-tout de la jalousie de son sexe.

Après cette première démarche, il se présenta chez la Comtesse de Williska qui ne le reçut pas, & chez la Duchesse de Morsheim, la mère du jeune Duc, qu'il ne put pas voir non plus. Trois visites consécutives eurent le même sort. Alors il écrivit à la Comtesse, qui prétexta une incommodité. Cette conduite indiscrette lui tint lieu d'une découverte, & il soupçonna fortement que la famille du Duc avoit surpris cet ordre à la sagesse du Monarque. Plusieurs semaines s'écoulèrent sans qu'il fût possible de s'instruire assez pour appuyer ses démarches de faits accusatoires. Mais la providence ménage toujours des ressources cachées à l'innocence, & trompe la méchanceté des hommes.

Le Duc de Morsheim avoit été instruit de tout ce qu'on avoit pu découvrir par M. de Barjac. Il fut que Coraly étoit dans le couvent de Sainte-Aure. Sa mémoire lui rappella que la ſupérieure de cette maiſon lui avoit écrit en faveur d'un de ſes neveux, Capitaine dans ſon régiment : c'étoit un homme ſage, à qui l'on pouvoit confier un ſemblable ſecret. Le Duc l'envoya à Paris, avec injonction de ſe concerter avec le Vicomte de Barjac, & de ne rien faire que d'après ſon avis, cet officier intelligent s'appelloit M. de Vanbelle. Pendant que cela s'exécutoit, le magiſtrat chargé de chercher l'erreur ou la vérité, les torts ou les fautes, les foibleſſes ou les crimes, ſe tranſporta à Sainte-Aure, pour y recevoir les aveux de Coraly. Il la trouva affligée, mais non inquiete ; modeſte, & non embarraſſée. —— Quels ſont vos parens, Mademoiſelle ? —— Le Ciel ne m'en a point donné. —— Votre patrie ? —— La Bourgogne m'a vu naître. —— Qu'avez-vous fait juſqu'à ce jour ? —— Mes actions ſon connues. Quant à mes ſentimens, je n'en dois compte qu'à Dieu. —— Quelle eſpèce de liaiſon avez-vous avec M. le Duc de Morsheim ? —— Celle que l'amour commence, que la nature avoue, que la loi autoriſe, que la religion conſacre, & que la vertu entretient. —— Eſt-il vrai qu'il ait voulu vous épouſer ? —— Il a fait plus, il a reçu ma main. —— Quel bonheur eſpérez-vous d'un mariage que ſa famille fera caſſer ? —— Peu importe qu'une nouvelle injuſtice rompe des liens ſacrés, ſi celui qui les a formés les respecte dans le fond de son cœur. — On a des preuves que votre conduite n'a pas toujours répondu à l'élévation des sentimens que vous faites paroître. — Dieu qui reçoit les sermens du juste, sait que l'innocence ne m'a jamais abandonnée. — Vous avez fait le tour de l'Europe sous un nom supposé, avec un homme ? — Oui ; j'ai pris son nom pour éviter le scandale ; il agissoit en père : malheur à ceux qui ne croient pas à la vertu ! — Vous possédez une fortune trop considérable pour que la source en soit bien pure ? — Je la tiens des mains de la Providence ; je la rends, dès qu'elle peut servir de prétexte à m'avilir. — Un homme prive-t-il ses héritiers naturels de son bien, pour le transporter à une étrangère, sans ?... —— Une étrangère ! Tout ce que je puis répondre, c'est que je n'ai vu l'auteur de ces bienfaits que sur son lit de mort. —— Vous demeurez chez le Vicomte de Barjac. Une jeune personne se doit à elle-même de ne pas habiter avec un homme seul. —— Une jeune personne dans la misère baise la main qui la recueille, est occupée des malheurs de son état, & non des vains préjugés des riches. —— Vous existiez bien auparavant ? —— Chez un curé qui vivoit avec sa sœur, auxquels j'ai fermé les yeux. —— Il y a dans votre existence, un ensemble d'obscurités que les mœurs doivent éclaircir. —— C'étoit par-là qu'il falloit commencer, & non me punir.

— Qu'appellez - vous punir ? — Quoi ! ce n'eſt pas un châtiment, que d'enlever brutalement une femme à ſa maiſon, de la priver de ſa liberté, de l'abandonner aux ſuſpicions, de la livrer aux propos publics ? — Si vous êtes innocente, on vous rendra juſtice. — Et que pouvez-vous faire, Monſieur, qui répare l'expreſſion même dont vous venez de vous ſervir ? Si je ſuis innocente ! Par où ai-je montré qu'on élevât un doute ſur cette innocence ? — Vous êtes vive, Mademoiſelle ! — Malheur à qui ne ſent pas vivement les outrages ! malheur à qui ne trouve pas dans ſon ame de quoi confondre l'injuſtice & la calomnie ! malheur à qui a beſoin de compoſer avec ſes juges ! — Il eſt poſſible de travailler à votre liberté ; mais un mariage clandestin, disproportionné, subsistera difficilement. — Ce n'est pas à ma liberté, Monsieur, c'est à la preuve de mon innocence que vous devez travailler. C'est la justice sévère que j'invoque, & non l'indulgence. Quant à mon mariage, si mon époux songeoit seulemeut que cela peut-être possible, sa famille peut s'épargner des démarches ; mais si, comme mon cœur me l'assure, il est honnête, sa famille, l'autorité, la puissance souveraine même échoueront contre cet inique projet. --Est-ce que vous ne desirez pas un conseil pour diriger vos démarches ?

On n'en a pas besoin, quand on ne veut que dire la vérité & être fidèlle à la vertu.

Ce Magiſtrat, ſur qui elle avoit tant d'empire, gémiſſoit, au fond de ſon âme, de la tyrannie des grands; & ſe diſoit : quels ſont ceux qui montreroient ce courage & cet amour du bien ? Et comme il eſt accoutumé à faire de ſon miniſtère un miniſtère de conciliation, il ſe tranſporta chez la Ducheſſe de Morsheim, & lui raconta que depuis qu'il appaiſoit les troubles de ſa ſociété, il n'avoit jamais trouvé une femme auſſi extraordinaire; que ſa figure, ſon maintien, ſes expreſſions, ſon courage méritoient de grands égards. La vieille Ducheſſe, qui ne ſavoit pas trop ce que c'étoit que le courage & la vertu, ſe moqua du magiſtrat; & l'aſſura que la Comteſſe Williska lui avoit dit là-deſſus des détails qui fixoient irrévocablement son opinion. Il objecta que le mariage étoit déjà fait. Nouvelle fureur de sa part, arrangemens pour le casser. Le magistrat, toujours de sang-froid, observe que les loix sages ne se prêtent pas aux passions des hommes, & aux distinctions que l'orgueil a inventées. —— Eh bien! Monsieur, j'irai chez le Roi. —— Il ne veut que la justice. —— Je déshériterai mon fils. —— Il vivra avec le bien de sa femme, qui est plus riche que lui. —— Il sembleroit, Monsieur, que vous êtes pour une créature... —— Je suis toujours pour le foible qu'on opprime, contre le puissant qui abuse. —— Mais enfin l'ordre du Roi? —— Sera révoqué aussi-tôt que tout sera éclairci. —— Mais il n'y a plus ni justice, ni loix.

Quelle eſt la loi qui défend à un homme de trente ans d'épouſer une fille libre, ſi les vertus remplacent à ſes yeux le don vulgaire de la naiſſance ? —— Eſt-ce que je ne pourrois pas voir cette fille ? —— Avec moi, Madame la Ducheſſe. —— Soit ; vous allez voir comme je lui parlerai. —— Et vous verrez comme elle nous répondra. Ils prirent jour pour le lendemain.

Dans la matinée, M. de Vanbelle paſſa chez la Ducheſſe, pour lui donner des nouvelles de ſon Colonel. Elle lui demanda ſi ſon aventure étoit publique ; il répondit qu'oui, & qu'on déſapprouvoit hautement le rôle qu'y jouoit la Comteſſe de Williska ; que la jalouſie avoit ſouvent conſeillé des vengeances, mais non des atrocités. La Ducheſſe le fait répéter, & lui demande à propos de quoi il mêle dans tout cela la plus vertueuſe des ſemmes. Alors il lui raconte la paſſion de cette vertueuſe femme pour M. le Duc, ſon projet de l'épouſer, ſon voyage chez M. de Barjac, les accès de ſa jalouſie, les reſſorts de ſa malignité & le ſuccès de ſes intrigues. La Ducheſſe ne crut pas un mot de tout cela. Le magiſtrat vint la prendre à l'heure convenue. Et ils ſe transportèrent à Sainte-Aure. Elle s'étale dans une bergère, & commence par examiner Coraly de la tête aux pieds. — Je ſuis, Mademoiſelle, la mère du Duc de Morsheim, que vous avez imaginé pouvoir épouſer. — Je ſais, Madame, les obſtacles que vous y apportez ; mais quelque grands qu'ils ſoient, je vous prie de croire que j'ai été plus loin que vous. —— Vous connoiſſez bien peu les hommes, & ſur-tout les hommes de la cour. Savez-vous pour qui je travaille en rompant cet hymen ? Pour vous, pour votre bonheur. —— Si M. de Morsheim leur reſſembloit, Madame, je n'aurois pas l'honneur de cauſer aujourd'hui avec ſa mère. —— Tous les hommes ſont les mêmes : tendres pour ſéduire, ardens pour jouir, prompts à ſe dégoûter. —— Je ne ſais point tout cela, & j'ai peine à croire que mon époux me l'apprenne. —— Votre époux ? —— Oui, Madame la Ducheſſe, mon époux ; je prends un titre qu'il a pu me donner, qu'il m'a forcée de prendre, que vous ne pouvez m'ôter, & que vous ne m'enleverez pas. — Quelle insolence ! savez-vous à qui vous parlez ? — A une dame qui se ravale bien à mes yeux, en venant insulter une malheureuse dans les fers. — Croyez-vous qu'on ignore votre conduite, vos voyages chevaleresques, vos aventures nocturnes ? — Eh bien ! Madame, puisque je suis si lâchement calomniée, puisqu'une femme, qui est venue dans ma maison épier mes secrets, me noircir avec tant de cruauté, je vais dévoiler à vos yeux ceux de mon ame.

Alors elle raconta, avec l'éloquence de la vérité animée par la sensibilité trahie, son arrivée chez M. de Barjac, l'innocence de ses mœurs dans cette maison, la cause de son voyage, la mort de Socrate, son testament, l'origine de sa fortune, l'amour du Vicomte, sa passion involontaire pour le Duc, celle de la Comtesse, sa confidence, ses efforts pour être à M. de Barjac, son mariage, la condition de le tenir secret pour respecter les préjugés de la naissance, & la clause expresse que toute sa fortune appartiendroit à son mari.

Ce récit étoit si vrai, la candeur de Coraly avoit si bien écarté jusqu'aux doutes les plus légers, que la Duchesse de Morsheim fut attendrie. Rapprochant les faits de ceux qu'avoit dénaturés la Comtesse, & y découvrant l'intérêt particulier qui l'avoit excitée, elle sentit bien intérieurement que toutes deux avoient été l'inſtrument d'une violence.

Le Magiſtrat obſervoit ces mouvemens divers, & les fortifioit par des réflexions adroites ſur la facilité de donner dans l'erreur, & la néceſſité de la réparer.

La Ducheſſe ſe leva, après avoir témoigné à Coraly des égards, & un genre de ſentimens qui reſſembloit à des regrets. Celle-ci reprit alors cette aimable modeſtie qui ne la quittoit que pour défendre ſa vertu ſoupçonnée, & dit au Magiſtrat qu'elle ſollicitoit ſa juſtice, ou plutôt qu'elle s'en repoſoit ſur elle.

A peine Madame de Morsheim eſt-elle de retour dans ſon hôtel, qu'elle envoie chercher M. de Vanbelle, & lui demande ſi ſon fils l'a entretenu de la perſonne qu'il avoit voulu épouſer, Il répondit qu'oui. Elle inſiſta pour ſavoir ſon hiſtoire. Ce brave militaire, qui ne ſavoit ce que c'étoit que de biaiſer, lui raconte ce qu'il en ſavoit. Ces détails, parfaitement conformes à ceux de Coraly, la confirmèrent dans ſes remords, & dans le projet d'expier ſon injuſtice. Elle voulut cependant encore écouter une fois la Comteſſe de Williska, & l'invita à ſouper. Elle ſe trouvoit depuis deux jours abſente. Le même ſoir la lettre ſuivante éclaircit le myſtère.

« C'eſt du fond d'un cloître, Ma» dame la Ducheſſe, que je vous » écris : l'amour malheureux & le » remords perſécuteur m'y ont pré» cipité. J'ai ſu que le Duc de Mor» sheim étoit lié à jamais ; de ce

» moment le monde n'est plus rien » pour moi. Le premier acte de mon » repentir est l'aveu des fureurs où » m'a porté une rage aveugle contre » une personne, l'assemblage peut-» être de toutes les vertus. Ce té-» moignage coûte cher à mon cœur; » mais la vérité me l'arrache : je le » dois à la vertueuse Coraly. J'ai » perdu mon amant, j'ai perdu vo-» tre estime, j'ai perdu la paix de » l'ame. Ces maux sont grands, sans » doute : il en est un pire encore; » c'est de conserver la vie, après » tant de sujets de la détester ».

Ce dernier trait de lumière dessille les yeux à la Duchesse. Elle écrivit au ministre pour obtenir un congé pour son fils, fut elle-même chercher l'ordre qui devoit rendre la liberté à

Coraly ; elle le lui envoya par M. de Vanbelle , qui étoit chargé de l'amener à l'hôtel de Morsheim. Coraly, après avoir mille fois remercié la supérieure de cette maison, monte en voiture, & s'informe d'abord de M. de Vanbelle où il la conduisoit. Elle étoit peu inquiete ; on le lui avoit présenté comme le neveu de la supérieure de Sainte-Aure. Mais pour assurer mieux encore sa tranquillité, il lui dit qu'il étoit honoré de la confiance particulière de M. le Duc, & que la première personne à qui elle parleroit seroit le Vicomte de Barjac. Elle arrive a un superbe hôtel, traverse plusieurs pièces, & trouve dans un grand sallon un cercle immense. Alors on annonce Madame la Duchesse de Morsheim. Après qu'elle eût salué avec noblesse, mais un peu d'embarras, la Duchesse douairière s'avança, la prit par la main, & dit à ces Dames qu'elle leur présentoit sa fille. Coraly tombe à ses genoux; &, suffoquée par ses larmes, ne pouvoit suffire aux sentimens divers qui l'oppressoient. L'accueil qu'on lui fit, la rendit bientôt à elle-même. Tout le monde étoit enchanté de sa grace, de sa figure. Tout en répondant aux obligeantes choses qu'on lui prodiguoit, ses yeux cherchoient le Vicomte, que M. de Vanbelle lui avoit promis. Il parut en effet, un moment après, tenant par la main le Duc de Mörsheim, au-devant de qui il avoit été. Coraly vole dans les bras de son époux, qui, quoique préparé à cette scène, ne pouvoit croire ni ses yeux, ni son cœur. Mon fils, lui dit sa mère, j'ai beaucoup à réparer envers vous. Je n'avois qu'un seul moyen de le faire. Je l'ai choisi : je fais un grand sacrifice à votre bonheur ; mais j'ai de fortes raisons de le croire durable. Le Duc de Morsheim répondit à sa mère qu'il ne lui demandoit que du tems. Il lui présente ensuite le Vicomte de Barjac, ainsi qu'à ses parens : eux seuls composoient ce cercle nombreux.

On satisfit ensuite à tout ce que la prudence commandoit à cette position. Le plaisir de voir les vertus de Coraly récompensées adoucit chez le Vicomte l'amertume qui suit toujours un genre de privations. Ce mariage changea sa manière de vivre. Il passoit les hiver à Paris, & les étés dans leurs terres. L'amour, l'amitié, la vertu, la fortune s'étoient réunis pour les rendre heureux ; ils le furent. Si le Public accueille cet essai, nous donnerons un jour l'histoire de la Duchesse de Morsheim depuis son mariage jusqu'à une autre époque qui n'est guère moins extraordinaire.

FIN.

CLÆÆ

DU VICOMTE DE BARJAC.

Tome second.

Page 11. Eloge de Colbert, par une main financiere.	M. Necker.
Page 16. M. de Sontdevelle donnoit à ses hôtes des filles dans son château. Si cet usage, étoit reçu, il y a des gens qui ne haïroient pas tant la campagne, & qui se dédommageroient par-là des veilles ennuyeuses du château.	

Page 30. Le Baron de W.	Willepinte.
Page 44. Actrice Françoiſe, célebre à ſon aurore.	Mlle. Raucour.
Page 45. Sophie. .	Mlle. Arnould
Page 46 Julie. . .	Mlle. Clairon.
Page 76. Le Duc de Morsheim.	Le Prince de Conty actuel.
Idem. La Comteſſe Williska.	Princeſſe Polonaiſe, bel eſprit & fort catin, qui étoit à Paris, il y a quelques années.

www.ingramcontent.com/pod-product-compliance
Ingram Content Group UK Ltd.
Pitfield, Milton Keynes, MK11 3LW, UK
UKHW020338230726
13925UKWH00003B/863

9 782014 452358